W0341587

*Juan Miguel Sánchez Vigil*

# EL TREN QUE NUNCA EXISTIÓ

Ilustrado por:

*Pilar Jiménez Avilés*

EDELVIVES

Primera edición: octubre 1988.
Segunda edición: marzo 1990.
Tercera edición: agosto 1991.
Cuarta edición: julio 1992.
Quinta edición: junio 1993.
Sexta edición: julio 1994.
Séptima edición: noviembre 1995.
Octava edición: febrero 1998.


Diseño de la cubierta: José Antonio Velasco
Depósito legal: Z. 210-98
ISBN: 84-263-1469-4
Talleres Gráficos Edelvives
50012 Zaragoza

Talleres Gráficos Certificados ISO 9002
*Printed in Spain*

*A Isabel Heredero Gómez,*
*único personaje real*
*del tren que nunca existió.*

*Cuenta la leyenda que más allá de los límites geográficos que se describen en los libros existen lugares fabulosos donde las historias más increíbles son tan ciertas como las que suceden en este lado del mundo. La que me ocurrió, hace solamente un año, la escribí para no olvidar detalle alguno. Os la voy a contar.*

# I
# Una tarde diferente

*Huyendo de las clases. — La estación. — Viajeros al tren. — Un revisor como es debido. — El ojo de cristal. — El intento de huida. — Una cena pesada.*

UNA tarde del mes de octubre, aburrido por las clases de inglés y por las simplezas del profesor de dibujo, tomé la decisión de hacer un viaje a un lugar desconocido. Al principio me pareció difícil encontrar un sitio del que no hubiese oído hablar alguna vez, pero cuando extendí el mapa sobre la mesa observé que la mayoría me eran desconocidos, así que preferí caminar hasta la estación y tomar el primer tren, sin preguntar hacia dónde se dirigía.

No quise meter en la mochila demasiadas cosas para no ir tan cargado como otras veces. El saco de dormir, la linterna, el cuaderno de notas, la cantimplora y unos frutos secos fueron suficientes.

Habían caído cuatro gotas y olía a tierra mojada. Los conductores se desesperaban dentro de los coches y los más impacientes hacían sonar el claxon sin compasión. Un guardia de tráfico tuvo que abandonar su puesto ante los constantes gritos de protesta. El atasco era de órdago.

Cerca de la estación me encontré con Patxi-Atxi, pero no quise explicarle mis intenciones para que nadie pudiera molestarme. Patxi-Atxi no es mal chico, pero tiene un defecto imperdonable. No se le puede contar nada porque lo pregona a los cuatro vientos y terminan enterándose hasta en el extranjero. Además tiene la habilidad de exagerar las cosas, y lo que no es más que un grano de arena lo convierte en una montaña.

—¿Te marchas? —me preguntó.

—No. ¿Por qué?

—Por nada; sólo quería saber si vendrás el domingo a la bolera.

—No lo sé; el lunes tengo examen de inglés y aún no he repasado los temas...

—¿Tan pronto? —me interrumpió.

Me di cuenta de que había metido la pata y rectifiqué en seguida:

—Es una prueba oral; ya sabes...

Al fin pude quitármelo de encima y crucé la calle para que no sospechara lo más mínimo. Era viernes, y tenía todo el fin de semana por delante para huir de las clases y de las advertencias de mis padres. Acababa de comenzar el curso y ya estaban pensando en los aprobados y en los suspensos. Siempre la misma canción: «si repites, tendrás que ir buscándote algún empleo, la vida está muy difícil; si no estudias, no tendrás oportunidades, no pierdas el tiempo...»

No sé qué tienen las estaciones, pero me atraen de una manera especial. Es como si la gente abandonara su mundo para ir en busca de algo diferente. Creo que es el único lugar donde cada uno se preocupa de sí mismo. Hasta el tiempo transcurre de otra manera.

En el andén no había más que turistas y soldados. Todo el mundo tenía prisa. Dejé la mochila en el suelo y me apoyé en la pared, dispuesto a subir al tren sin siquiera sacar el billete.

No me fue difícil decidir, porque en la vía cuatro se encontraba estacionado un tren con los vagones rojos, y ése era mi color favorito. En cuanto arrancó, salté como una flecha y me colé en el interior.

Media hora después contemplaba el paisaje con el sol de frente. Atravesamos un encinar repleto de conejos y cruzamos bajo el puente de la autopista. Los campos estaban recién segados. Las máquinas habían trazado líneas rectas que se perdían en el horizonte. Las pacas de forraje estaban dispersas simétricamente, y los pájaros picoteaban entre los surcos rebuscando los granos de los cereales.

Desde los cables del tendido eléctrico los cuervos miraban el paso del tren. Un milano negro nos siguió durante un buen rato y luego se dedicó a espantar a los cuervos. Entramos en un paraje yermo y la monotonía acabó con el encanto del paisaje.

En el vagón se habían acomodado tres personas. Las tres iban solas.

La primera era una mujer que aparentaba unos cuarenta años, con la cara repleta de verrugas y los ojos hundidos. Llevaba unas gafas de pasta blanca que le empequeñecían, aún más, sus ojos de búho, y un trozo de esparadrapo en la nariz. De los lóbulos de las orejas le colgaban, a modo de pendientes, dos aros que bien podrían servir de columpios en la jaula de un canario. Ni una sola vez cambió de postura. Parecía una estatua de piedra, o, mejor dicho, de madera, pues el color de su piel era casi negro. Estoy seguro de que, si me la hubiera encontrado de noche, habría creído que se trataba de una bruja.

La segunda era un marinero vestido de blanco que leía un cómic. En cuanto me vio, me guiñó un ojo. Tenía el pelo muy corto, y la nariz ganchuda como el pico de un águila. Las orejas eran grandes y terminaban en punta. La ceja izquierda estaba partida en dos por el centro. Era rubio como una panocha y pecoso como un plato de lentejas. En la manga derecha de la chaqueta llevaba cosido un remiendo. Un tic nervioso le producía un continuo temblor en las piernas, y cambiaba de postura constantemente.

La tercera persona era un hombre viejo. No tenía ni un solo pelo en la cabeza, que por cierto era de forma triangular. Le faltaban tantos dientes como botones en la camisa, y llevaba prendido, cerca del pecho,un distintivo con tres letras mayúsculas y el dibujo de un árbol. Me llamaron la atención sus botas negras. Estaban tan limpias que no podía evitar mirarlas. Era como si tuvieran una fuerza extraña que me obligaba a estar pendiente de sus movimientos. De vez en

cuando se le cerraban los ojos y la cabeza se le caía hacia adelante, mientras emitía un ronquido sordo.

En la primera parada subieron otras dos personas: una mujer joven y un niño de unos cinco años. Se sentaron cerca de la puerta y en seguida la mujer desenvolvió un pequeño paquete. Era un bocadillo de salchichón. Un cuarto de hora después, el bocadillo continuaba intacto y el niño había recibido de su madre treinta o cuarenta bofetadas, nueve o diez empujones, un amago de mordisco, unos veinte capones y un fuerte pellizco, compensado con una caricia para disimular.

Desde el primer golpe, el niño no paró de llorar. Le faltaban los dientes de arriba y nos mostraba la encía cada vez que abría la boca. Hice unas cuantas muecas para tratar de distraerlo y se enrabietó aún más. Desde luego, como cantante no tenía precio.

En la segunda parada se apeó el marinero. Cogió su bolsa del portamaletas y se la colgó al hombro. En cuanto puso los pies en el andén, fue asaltado por una chica de unos dieciocho años que se lo comió a besos. Se puso tan colorado que le desaparecieron las pecas.

Nada más reanudar la marcha, la señora de las verrugas, en un gesto de amabilidad, intentó que el niño merendara. No hubo suerte. El salchichón fue a parar a la cara del viejo y el pan salió despedido por la ventanilla.

La señora aprovechó el incidente para soltar una retahíla sobre la educación de los niños y de los jóvenes, la disciplina, la sociedad, los vicios, el honor, la alimentación, los ruidos, el rock, los vestidos, la libertad, el aire acondicionado, el respeto, los precios, el amor al prójimo, la televisión, la droga, el alcohol, y qué sé yo cuántas cosas más. Al menos el viaje era entretenido.

El paisaje había cambiado completamente. Era una llanura de color ceniza salpicada de pequeños agujeros. No se veía ni un árbol, ni una planta, ni siquiera una piedra. Comenzamos a atravesar túneles y más túneles, y las montañas nos envolvieron en la sombra. Cruzamos sobre un puente de hierro de más de cien metros de largo y cuarenta de alto. Bajo nuestras cabezas contemplamos un río salpicado de barcas que, vistas desde lejos, parecían cáscaras de nuez.

Por la orilla derecha cabalgaba un caballo blanco. No lo perdí de vista hasta que desapareció entre los álamos. Entonces se me ocurrió que en mi próxima salida podría recorrer los bosques montado a caballo.

En la tercera parada, el niño abandonó el tren a coscorrones. Detrás iba su madre, con la mano izquierda hinchada de tanto pegarle. Aun así, de vez en cuando el chico se volvía para sacarle la lengua o hacerle otros gestos de burla. Sentí un gran alivio cuando dejé de oír sus gritos.

El viejo se había dormido y no se enteraba de nada. La señora tenía un ojo cerrado, y el otro ni lo abría ni lo cerraba porque se lo había sacado para limpiarlo. Era de cristal y tenía el tamaño de una canica.

Jamás me había sentido tan violento. Tenía la sensación de que aquel ojo no dejaba de mirarme. La señora lo restregaba con un pañuelo de papel, y la pupila aparecía y desaparecía entre los dedos. Una voz ronca interrumpió su tarea:

—¡Billetes, por favor!

Naturalmente, era el revisor. La señora abrió el ojo bueno y buscó en el interior del bolso. Encontró de todo, excepto el billete. El revisor cruzó los brazos en señal de impaciencia y movió la pierna derecha como si quisiera advertirle que estaba cansado de esperar.

Era un hombre alto y grueso con la cabeza muy pequeña. Sólo se le veía media cara; la otra media se la tapaba el bigote. Vestía uniforme gris con botones plateados y llevaba calada hasta las orejas una gorra del mismo color. La tripa le sobresalía tanto que no podía verse los pies.

—¡Billetes, por favor! —repitió en forma mecánica.

—No me ponga nerviosa... —le dijo la señora sin quitar la media vista del bolso. Y añadió:

—¿Tiene usted catarro?

—No, señora —contestó el revisor tratando de afinar la voz.

Por más que la señora revolvía las doscientas cosas que se adivinaban en el fondo, el billete no aparecía.

—Creo que lo puse en el monedero.

—¿Está segura de que lo tiene? —comentó el revisor en tono comprensivo.

—¿No estará usted insinuando que no he pagado mi billete?

—Claro que no. He querido decir que tal vez subiera deprisa y que no tuvo tiempo de comprarlo.

En aquel momento estuve a punto de intervenir para explicarle que ése era mi caso, pero la vieja no me dejó, porque le replicó muy indignada:

—Usted me ha pedido el billete y yo le daré el billete. Estaría bueno...

—Está bien, señora, como usted quiera —dijo el revisor en tono resignado, y se sentó justo enfrente.

Por fin la mujer decidió volcarlo todo sobre su falda. Luego escogió cada objeto, y los fue introduciendo con sumo cuidado. Nadie puede hacerse idea de lo que cabe en el bolso de una mujer sin billete: un pintalabios, varios pañuelos de papel, un espejo grande de plástico, un espejo pequeño con marco, tres pares de llaves, un peine, un cepillo, dos bolígrafos (azul y rojo), un lápiz para los ojos, pastillas para la tos, dos bobinas de hilo (blanco y negro), un alfiletero, un broche de hojalata, un monedero de tela, una agenda, restos de migas, un salero sin sal, un tornillo oxidado, dos gomas para el pelo, tres horquillas, un dedal, un guante de lana (el otro no estaba, aunque ella sí tenía las dos manos), un recibo de la tintorería, la cuenta del frutero y otras cien cosas más que no recuerdo.

Una vez que todo estuvo en orden, agitó el bolso y cada objeto volvió al sitio de antes. Metió la mano en el bolsillo de la falda y, como si tal cosa, sacó el billete y se lo entregó al revisor, diciéndole:

—Ya sabía yo que no estaba en el bolso. Si no me hubiera puesto usted tan nerviosa...

Afortunadamente, toda la paciencia del mundo vino a recaer en aquel hombre. Las manos se le fueron hacia adelante, pero se contuvo a tiempo. El cuello de la señora era una constante tentación, y nada le habría producido mayor placer que estrujarlo con todas sus fuerzas. Fue tanta su indignación que se marchó sin comprobar nuestros billetes.

TOS

La señora me miró y me hizo un gesto como si tuviera toda la razón del mundo. Luego se puso a murmurar:

—¡Habráse visto! Decirme que no tenía billete. A mí, que soy hija de un cobrador de tranvía. Estas cosas no ocurrirían si seleccionasen al personal adecuado...

En las paradas cuarta y quinta no subió nadie. En la sexta se bajó la mujer. Llevaba el ojo muy bien puesto y había cambiado de humor. Se despidió con una amabilidad sorprendente y en menos de un minuto me contó dónde vivía, a qué se dedicaba, cuánto ganaba y en qué se lo gastaba. Sus últimas palabras se me quedaron grabadas:

—Da gusto viajar con chicos como tú.

Lo curioso era que yo no había abierto la boca durante todo el recorrido. Me sentí tan a gusto cuando la vi bajar las escalerillas, que hasta fui capaz de sonreírle.

Anochecía. En los cristales se reflejaban las luces del vagón. Bajé la ventanilla y apoyé los brazos sobre el marco de aluminio. El aire me daba en la cara y me producía una sensación indescriptible. Las nubes rozaban el horizonte y las últimas bandadas de pájaros buscaban un lugar donde pasar la noche. Entonces me acordé de Patxi-Atxi y me reí tontamente. Él jamás entendería esto.

A medianoche sentí curiosidad por conocer el destino del tren. Me levanté y me acerqué al viejo. Estaba dormido. Abrí una de las puertas del vagón para pasar al siguiente y observé que estaba vacío. Me dirigí hacia el otro lado, pero tampoco había nadie. Si quería saber hacia dónde nos dirigíamos, no me quedaba más remedio que despertar al viejo. Sin embargo, ya no era tan fácil, porque había desaparecido sin decir adiós.

Alrededor del tren todo estaba oscuro y sólo se veían manchas negras. Intenté averiguar dónde estábamos, pero no fui capaz de ver nada. Froté los cristales con desesperación y bajé las ventanillas. Era una noche cerrada, sin luna. No se oían más ruidos que el traqueteo del tren y mi respiración entrecortada. De repente sentí miedo, salí disparado hacia la cabina del conductor y entré gritando:

—¿Hacia dónde...?

Me quedé mudo y no terminé la pregunta. El corazón se me aceleró y hube de sujetarme el pecho con las dos manos para que no se me reventara. Las luces del cuadro de mandos estaban conectadas y el marcador indicaba ciento cuarenta kilómetros por hora. Los faros iluminaban las vías y el aire entraba por las ventanas laterales. El tren circulaba a toda velocidad y nadie lo conducía.

Miré a mi alrededor para comprobar que no había nadie escondido; pero lo cierto era que no había dónde esconderse. Pulsé todos los botones, arranqué dos cables, golpeé los cristales y apagué las luces. Todo fue inútil.

Confieso que me arrepentí de haber cogido aquel tren. Podía haber subido a cualquiera de los otros tres, y tuvo que ser precisamente a éste. Si no hubiera salido de casa, habría estudiado inglés o habría ayudado a papá a arreglar el grifo del baño.

—Creo que me he metido en un lío —me dije en voz alta.

Regresé a toda prisa para recoger mis cosas y escoger un

lugar desde el cual pudiera lanzarme a tierra. Ni siquiera se me ocurrió que necesitaría mucho valor para tirarme en marcha. Lo había visto tantas veces en las películas que me parecía muy sencillo. Era cuestión de dejarse caer, y rodar unos metros.

A la hora de la verdad no las tuve todas conmigo, así que decidí esperar un poco más por si las cosas cambiaban. Los fluorescentes empezaron a parpadear y su fuerza disminuyó. El vagón se quedó a media luz. Me encogí en el último rincón del asiento, sin atreverme ni a pestañear.

Al abrir la mochila para sacar la linterna encontré la bolsa que había llenado de higos, avellanas y almendras. Estaba tan nervioso que me comí casi todo. La cantimplora la vacié en dos tragos. De pronto me sentí indispuesto y me tumbé.

La cabeza me daba vueltas, y las tripas no dejaban de hacer ruidos extraños. Me sudaban las manos, tenía escalofríos. Pensé que me había dado un vulgar cólico y traté de incorporarme para tomar el aire. En aquel momento el tren se introdujo en un túnel y ya no pude ver más, porque caí desvanecido.

# II

# Amanecer en una fiesta

*El vagón-palacio. — La aventura de Dulcinea. — Un conductor misterioso. — Espaguetis sin queso. — Historias de trenes. — La Fonda del Toro. —Una estación de lujo. — El carterista. — El cambio de las botas. — Un sueño terrible. — El loco del mensaje.*

ABRÍ los ojos y los rayos del sol me obligaron a darme la vuelta. No sabía qué hora era, ni si había dormido mucho o poco. Me levanté despacio, porque aún estaba mareado, y me abotoné la camisa. La cantimplora estaba en el suelo y el saco de dormir extendido sobre dos asientos.

Comprobé que no me faltaba nada y recogí el saco. Se habían bebido la poca agua que quedaba y habían perdido el tapón. De los frutos secos no quedaba ni rastro y las pilas de la linterna se habían agotado. Alguien había dormido junto a mí, y solamente sabía de él, o de ella, que no era muy amigo del orden y que le gustaban los frutos secos.

Me dirigí hacia la cabecera del tren con la esperanza de haberme equivocado. No había dado cuatro pasos cuando me quedé boquiabierto. Me agaché para no ser visto y luego me asomé muy despacio para asegurarme de que no era un sueño. Efectivamente, no lo era.

La decoración del vagón de al lado imitaba el salón de baile de un palacio o el cuarto de huéspedes de una mansión. Las cortinas eran de seda blanca y las alfombras de estilo persa. Del techo colgaban seis farolillos chinos forrados de papel celofán y dos lámparas con almendras de cristal de roca. Los sofás estaban tapizados de terciopelo rojo y las paredes recubiertas con madera de caoba. Cenefas, serpentinas y confetis salpicaban el vagón.

No cabía ni un alfiler. Los camareros iban de un lado para otro con las bandejas repletas de licores y de canapés, y los invitados charlaban amigablemente, envueltos en los trajes más variopintos. Todos estaban disfrazados.

A juzgar por sus caras, la fiesta había pasado ya el ecuador. La mitad no se tenían en pie, y el otro cincuenta por ciento se tambaleaba apoyando espalda contra espalda y hombro contra hombro.

En seguida reconocí a varios personajes: Napoleón, Cristóbal Colón, Groucho Marx, Charlot, Romeo y Julieta, Buffalo Bill, Toro Sentado, Neptuno, Homero, César, Marco Polo, Gutenberg, Santa Teresa, María Antonieta, Felipe II, Don Quijote, Dulcinea, Rodolfo Valentino, el Capitán Trueno...

A César todavía le quedaban fuerzas para hacer sonar un matasuegras, y los demás soportaban el ruido guiñando los ojos y apretando los dientes. María Antonieta presentaba un aspecto tan deplorable que daban ganas de guillotinarla:

la peluca se le había deshecho y los tirabuzones le caían sobre las orejas a modo de coletas engurruñadas. Gutenberg hablaba con su propio reflejo, y Santa Teresa había perdido la toca y la buscaba gateando entre los pies de los demás.

Atravesé el vagón en silencio y nadie me prestó atención. Quizá pensaron que formaba parte del jolgorio. Charlot y Dulcinea mantenían una conversación asombrosa:

—¿Nos escapamos juntos? —preguntaba Dulcinea.

—¿Nosotros solos? —contestaba Charlot.

—Más vale solos que mal acompañados. Además, no me fío de toda esta gentuza. Presiento que nos están espiando...

—Se me ha ocurrido una solución a nuestro problema —la interrumpió Charlot.

—Estoy loca por conocerla.

—Tengo un plan que no puede fallar, pero necesitamos la colaboración de Marco Polo. Es un experto en fugas...

—En fugas de gas, supongo.

—Supones bien. Nos deslizaremos por la tubería y nadie nos echará de menos. Se van a quedar de piedra.

—De piedra pómez, supongo.

—Supones bien. Estoy harto de esperar a que ocurra algo dentro de esta asquerosa *suite*.

—*Suite* nupcial, supongo.

—Me parece que supones demasiado. Tengo la sensación de que esto no terminará bien, querida.

—Chtssssssssssssss... No me llames querida que te van a oír. Sólo me faltaba que se enterara ese loco —señaló a Don Quijote—. Para qué queremos más...

—Más jaleo, supongo.

—No te burles, a ti quisiera verte en mi pellejo.

No pude oír más, porque Don Quijote tomó a Dulcinea por el brazo y se la llevó en volandas. Seguí con la vista todos sus movimientos, hasta que se detuvieron junto al pasillo. Se abrazaron, se besaron y comenzaron a bailar embelesados... Don Quijote estiraba el cuello para presumir de dama, y Dulcinea agitaba los cabellos para presumir de caballero. Charlot levantó su copa y me deseó salud; se acercó sigilosamente y me preguntó:

—¿Quieres huir con nosotros?

—¿Huir? ¿Hacia dónde? —le pregunté.

—Qué más da. Se trata de huir, no importa dónde ni cuándo. Me paso la vida huyendo y nunca pregunto adónde.

—No sé. Tal vez otro día. Estoy algo cansado...

—Excusas, excusas... El mundo está lleno de excusas. Allá tú; quizá no se te presente otra oportunidad como ésta.

Me escabullí como pude, y cuando llegué a la cabina mi sorpresa fue aún mayor, porque el conductor del tren no era otro que el viejo de las botas negras.

El paisaje era totalmente distinto. A través de los cristales se veía una inmensa llanura completamente nevada. No hacía frío. Todo estaba blanco. Hasta el cielo había perdido su color.

A lo lejos se divisaban enormes bloques de hielo y grandes bandadas de gaviotas. Una repentina ventisca nos hizo perder la visión y los limpiaparabrisas se atascaron. Las escobillas de emergencia no daban abasto. Las ruedas patinaron y el viejo aminoró la marcha para no descarrilar.

La nieve saltaba hacia ambos lados y se amontonaba hasta cubrir las ventanillas. Por un momento pensé que quedaríamos sepultados y que no podríamos continuar.

Mientras accionaba los mandos, el viejo giró la cabeza y me pidió que conectara el micrófono. No me moví. Volvió a mirarme y señaló un botón verde. Lo pulsé maquinalmente. Los altavoces avisaron de la próxima parada:

—¡Próxima parada, treinta segundos!

Quince segundos después volvimos a oír el aviso de llegada. Esta vez el sonido fue más claro:

—¡Próxima parada, quince segundos!

El tren redujo la marcha todavía más y aproveché la ocasión para preguntar dónde nos encontrábamos. Las manos del viejo parecían los brazos de un pulpo. Manejaba los mandos con tal destreza que era imposible seguir sus movimientos con la vista. Como no contestaba, no tuve más remedio que insistir:

—¿Dónde estamos?

—¿A quién le importa dónde estamos? Lo que verdaderamente importa es estar...

—No he querido molestarle —le dije en voz baja.

—Pues lo has conseguido. ¿No ves que estoy ocupado y no tengo tiempo para escuchar tonterías?

—Lo siento, tal vez éste no es el momento...

—Ya nos vamos entendiendo —me respondió en tono irónico.

Lo de entendernos era una suposición del viejo. Me quedé con ganas de contestarle de mala manera, pero tampoco era cuestión de enzarzarse en una discusión en un momento tan inoportuno.

El tren se detuvo junto a una plataforma de cemento de unos cuarenta metros cuadrados. En una esquina ondeaba una bandera negra con una interrogación bordada en blanco. A su alrededor no había absolutamente nada, excepto la nieve.

Los personajes descendieron y se apiñaron en la plataforma. Julieta sacó un pañuelo de la manga y lo agitó con cursilería premeditada; Toro Sentado y Buffalo Bill emitieron gritos ensordecedores; Homero recitó una oda al invierno; y los demás se limitaron a despedirnos moviendo las manos de izquierda a derecha y de derecha a izquierda como si fueran autómatas.

Me quedé tan atónito que, antes de que pudiera reaccionar, el tren había reanudado la marcha y el viejo había desaparecido otra vez.

Lo busqué por todas partes: debajo de los asientos, en los portaequipajes, en los servicios... No lo encontré. Por segunda vez sentí miedo y, sin pensarlo dos veces, decidí abandonar el tren. Abrí la puerta, cerré los ojos, crucé los dedos, y cuando estaba a punto de saltar una voz entrecortada habló detrás de mí.

Apenas entendí dos palabras. El hombre de las botas negras tenía una pipa entre los dientes y echaba más humo que una chimenea. Se rascó la mejilla, se quitó la pipa de los labios y me repitió:

—Te puedes romper la crisma...

—¡Es usted! —exclamé sin darle tiempo de terminar.

—¿Y quién esperabas que fuese? —me contestó con cierto aire de superioridad.

A continuación me hizo un gesto con la cabeza para indicarme que le siguiera. Caminaba despacio. Arrastraba los pies haciendo un extraño ruido al contacto con el suelo. De espaldas, parecía mucho más alto y más viejo. Me picaba tanto la curiosidad que me pegué a sus talones.

—Ten cuidado —me dijo.

Apoyó las dos manos en las paredes del pasillo y dio una zancada. Giró la cabeza y añadió:

—¡Salta: hay un agujero en el suelo!

El agujero no se veía porque estaba recubierto con una plancha de goma. Le obedecí sin rechistar y di un brinco hacia adelante.

Cuando llegamos al último vagón, entramos en un compartimiento acondicionado como vivienda. Una vez dentro, tuve la sensación de encontrarme en un lugar mucho más espacioso de lo que era en realidad. No había un solo hueco sin decorar y todos los motivos guardaban relación con el ferrocarril: cuadros, láminas, faroles, banderines, emblemas, fotografías...

Junto a la ventana había una mesa oscura, y en el centro una bandeja repleta de espaguetis. Acercó una silla y me invitó a sentarme frente a él. Bajó la persiana para que la luz del sol no nos molestara y me sirvió una buena ración. Luego llenó su plato.

—¿Quieres más tomate? —me preguntó.

—No, gracias. Tengo bastante.

—¿Queso?

Le respondí negativamente, moviendo el dedo índice, mientras él desmenuzaba un trozo de queso frotándolo contra el rallador.

—No sabes lo que te pierdes. Los espaguetis sin queso son como las fresas sin nata. Están hechos el uno para el otro.

Empezó a comer y le imité. Debía de tener hambre, porque se chupaba las yemas de los dedos y mordía el pan con ansia. En unos segundos me vi enfrascado en una dura batalla. Por más que giraba el tenedor no había forma de que los espaguetis se enroscaran. Se me escurrían entre las púas como si estuvieran vivos. No me quedó más remedio que partirlos a golpe de cuchillo.

El viejo me ofreció vino. No era la primera vez que lo bebía; sin embargo, me sentí bastante raro en cuanto vacié el vaso. Entre el mareo y el atracón de pasta, me fue imposible probar el segundo plato. Él siguió comiendo: engulló media docena de croquetas y rebañó la ensaladera.

Había comenzado a pelar una manzana cuando se interesó por mi vocación de aventurero:

—¿Es la primera vez que viajas?

Le contesté con la boca llena y me salió un rotundo *no*, envuelto en trocitos de manzana. El hombre añadió:

—Me temo que te has equivocado de tren. No sé adónde querías ir, pero te aseguro que no pasaremos por allí...

—¿Cómo lo sabe?

—Me parece que tú y yo nos vamos a divertir...

Vació el vaso y continuó hablando. Me limité a escucharle sin interrumpirle, y esperé a que me dijera hacia dónde nos dirigíamos. Durante más de media hora me habló de sus experiencias como maquinista y de sus largos viajes por los cinco continentes.

Me contó que fue el primero en atravesar los desiertos de África con una máquina de vapor, y que en cierta ocasión hubo de recorrer cien kilómetros metro a metro, porque la vía no estaba terminada y el tren avanzaba a medida que la construían. Al fin le llegó el turno a nuestro viaje:

—No puedo decirte nuestro destino porque, sencillamente, no lo conozco. Mis instrucciones son precisas y sin detalles...

—¿Qué instrucciones? —le pregunté inmediatamente.

—Las de la carta de viaje —me contestó, convencido de que yo conocía esa carta.

Le pedí que me la mostrara y accedió. No pude sacar nada en claro. Sólo figuraban cuatro datos: el día y la hora de salida y el día y la hora de regreso. Al menos dos cosas eran seguras: la primera, que volveríamos al punto de partida, y la segunda, que el recorrido terminaba el domingo a las ocho de la tarde.

—¿Hace mucho tiempo que viaja? —le pregunté, por hablar de algo.

Soltó una carcajada y se levantó de la mesa. Recogió los cacharros y los metió en el fregadero. Se metió la mano en el bolsillo, sacó una moneda y me dijo:

—¿Cara o cruz?

—Cara.

La lanzó al aire, la cogió al vuelo y se la guardó de nuevo. La trampa dio resultado:

—¡Cruz! Tú friegas y yo seco.

Si hay algo que me fastidie, es tener que fregar los platos; y si hay algo que me fastidie más, es que me tomen por tonto mientras friego.

Poco después el tren se detenía frente a un edificio de dos pisos. El viejo descendió, abrió la verja y se acercó hasta la entrada.

Era una casa totalmente encalada, con el tejado de pizarra y la chimenea de ladrillo. Junto a la antena de televisión había un pararrayos con una preciosa veleta compuesta por un toro y una flecha.

Las ventanas, de madera, estaban herméticamente cerradas. La luz del piso de arriba se encendía y se apagaba. Tras las cortinas se adivinaba la figura de un niño que saltaba encima de la cama.

Sobre el dintel de la puerta habían colgado un madero en el que, no sin cierta dificultad, se leía «FONDA EL TORO». Estaba tan torcido que incliné la cabeza en un acto reflejo. De la F y la T sólo quedaban las líneas horizontales, y la N tuve que adivinarla.

Alguien entreabrió la puerta y asomó la mano para entregarle al viejo un sobre. Apenas tuve tiempo de verla. Era delgada y huesuda. En el dedo anular brillaba un anillo de oro con una piedra engarzada.

El viejo se introdujo en la casa como si tal cosa y yo me dediqué a estudiar los movimientos del niño que saltaba so-

S
O
O DA
EL ORO

bre la cama. Inconscientemente empecé a contarlos. Justo en el número ciento trece el niño abrió la ventana y me gritó:

—¡Deja de mirarme, me pones nervioso!

Aunque sólo pude verle la cabeza, parecía uno de esos niños malcriados a los que visten con zapatos de charol y ropa cara. Desapareció un instante para arrimar una silla a la pared, y se subió encima.

—Ten cuidado, puedes caerte...

—¿Cómo dices? —me preguntó colocándose las dos manos tras las orejas.

—¡Que tengas cuidado! —le repetí levantando la voz.

—¿Cuidado de qué?

—De caerte, ¿no ves que es peligroso?

Se echó a reír descaradamente, levantó los brazos, tomó impulso y dio un impresionante salto hacia atrás para volver a caer en la silla. Antes de que pudiera salir de mi asombro, brincó sobre el alféizar de la ventana y, dando dos volteretas en el aire, se plantó en el jardín de la casa.

—¿De qué tengo que cuidarme? —me dijo en tono provocativo.

No supe qué contestar. Dos razones me lo impidieron. La primera, su extraordinaria agilidad y destreza; la segunda, su físico, porque el niño no era tal niño, sino un enano que aparentaba unos treinta años.

—Es usted todo un atleta —le dije entre confundido y turbado.

—Soy el emperador de los acróbatas. Tengo el récord del mundo en cama elástica, el título de Europa en volteretas, la medalla del Comité Olímpico en alambre, y el diploma internacional de marcha boca abajo.

—¡Qué barbaridad! —exclamé.

—Y eso no es nada. Estoy entrenándome para los Juegos Olímpicos. Pienso batir todas las marcas. Debo practicar diez horas diarias y descansar otras diez. Las otras cuatro las dedico a pensar, no es malo eso de pensar... ¿Tú piensas?

—No mucho... —le contesté como admitiendo mi culpa.

—Pues deberías hacerlo. Pensar es bueno para la salud; te lo digo yo que tengo una salud de hierro.

—Ya se nota —le dije señalándole los músculos de los brazos.

—Bueno, muchacho, no puedo dedicarte más tiempo. Estoy en pleno entrenamiento y la cama elástica me espera. Piensa, aunque sea en tonterías... Es lo mejor para la salud...

El viejo se cruzó con el enano en la puerta. Antes de subir al tren rompió el sobre y leyó su contenido. Se guardó la nota en el bolsillo de la camisa y miró su reloj dos o tres veces, con evidentes muestras de intranquilidad. Una vez arriba puso el tren en marcha y me dijo:

—Debemos darnos prisa: el tiempo apremia y nos esperan en la próxima estación. ¡En marcha!

—¿Quién nos espera? —me apresuré a interrogarle.

—No lo sé; sólo me indican que vamos con retraso y que los pasajeros se impacientan.

—¿Cómo que se impacientan? —insistí.

—No sé nada más, muchacho. Limítate a cumplir las reglas.

Comencé a pensar que aquel hombre estaba loco. Me hablaba de unas reglas que debía respetar, y cada vez que le preguntaba adoptaba una actitud enigmática y escurridiza.

Comprobé que me había dicho la verdad cuando, diez minutos después, apareció ante nosotros una lujosa estación abarrotada de público. Entramos por la vía cuatro, junto al andén central. Al otro lado descargaban un tren de mercancías.

Las gentes iban y venían de un lado para otro buscando a los demás con la mirada. Cientos de rostros deambulaban pisándose los talones y clavándose los codos. Los mozos se ofrecían a ayudar a los viajeros, los vendedores ambulantes anunciaban sus productos, los guardias paseaban con las manos a la espalda, los chicos se escondían entre los bultos y los gatos perseguían a los ratones entre los raíles.

Era la estación más luminosa que jamás había visto. La luz se filtraba a través de una bóveda de cristal y creaba un ambiente extraordinario. Las paredes eran de mármol y el suelo de granito rojo. En aquel momento tuve la sensación de retroceder en el tiempo. Por todas partes se veían toldos, alfombras y vidrieras del más exquisito gusto. Estaba tan fascinado que no oí la voz del viejo, y tuvo que chillarme para que le prestase atención:

—¿Qué te pasa, chico? ¿Es que nunca has visto una estación?

Bajé de un salto y me acerqué para recibir sus órdenes. Me encargó de los equipajes, y me explicó que él debía visitar a un amigo. Después se marchó tranquilamente.

No fue mucho lo que tuve que cargar: seis maletas, doce bolsas, cuatro paquetes, dos baúles, nueve cajas, ocho sacos, y diez o doce bultos de distintos tamaños con los que me entretuve jugando a adivinar su contenido. Curiosamente, no pesaban casi nada.

Los pasajeros me entregaron los billetes y se fueron sentando en el mismo vagón. Eran cuatro parejas de mediana edad. A pesar de que los saludé muy cortésmente, ninguno me dirigió la palabra.

Las tres primeras parejas ya se conocían. Bromeaban entre sí, causando un considerable escándalo. La cuarta la componían un sujeto extravagante y una señora apocada. Enseguida todos hicieron amistad y se intercambiaron risitas de compromiso.

La más joven de las mujeres abrió una cesta de mimbre y sacó un mantel. Cinco minutos después los ocho individuos daban buena cuenta de una magnífica merienda. Embutidos en abundancia y dulces a discreción componían el sabroso festín.

El más dicharachero de los hombres se dirigió a la peculiar pareja:

—¿Van ustedes de vacaciones?

—Volvemos —respondieron los dos a la vez.

—Quieren decir que regresan...

—Queremos decir que volvemos.

—Son extranjeros, ¿verdad?

—Del sur —respondieron los dos a la vez.

—¡Me encanta el sur! —exclamó el hombre ridículamente, sin saber cómo cortar una conversación tan insulsa.

En el andén se había organizado una pequeña trifulca. Un carterista trataba de convencer a la policía de que los doce billeteros que le habían encontrado en los bolsillos, los acababa de comprar en una tienda de regalos. No tuvo suerte porque, en sus esfuerzos por explicarse, estiró los brazos y, como por arte de magia, aparecieron media docena de relojes en cada uno. Además no había en los alrededores ninguna relojería que dispusiese de tan variados modelos.

Aún estuvimos detenidos durante una hora. Empezaba a impacientarme cuando la calva del viejo apareció entre las mil cabezas que se movían sin cesar. Venía descalzo y con un saco a la espalda.

—¿Dónde están sus botas? —le pregunté.

Se frotó las manos y me empujó hacia el interior como si no quisiera que me oyesen.

—¿Hay alguien cerca? —me susurró al oído.

—¿Qué es lo que pasa? —le contesté bajando el tono de voz.

—¡He hecho un negocio redondo!

Abrió el saco para mostrarme el contenido e inmediatamente lo volvió a cerrar. Sólo me dio tiempo de ver un montón de libros viejos.

—Los he cambiado por las botas; después te lo explicaré. Ahora tenemos que partir.

Arrancó de un brusco tirón, como si deseara salir de allí cuanto antes. Los pasajeros se tambalearon. Ninguno protestó. Se levantaron de los asientos y con una tranquilidad pasmosa recogieron sus bolsas de mano. Antes de que el tren acelerase la marcha ya tenían los pies en el suelo. Según bajaban, continuaban caminando como si tal cosa y se perdían entre el bullicio tratando de pasar inadvertidos.

—¿Quiénes son? —le pregunté.

—Yo nunca pregunto, chico. Me limito a cumplir con mi trabajo. Es algo que aprendí desde pequeño. Deberías aplicarte el cuento.

—¿Y para quién trabaja?

—Para mí, sólo para mí...

—¿Entonces es usted quien da las órdenes?

—Digamos que colaboro...

—¿Con quién? —le pregunté algo irritado.

—Ya te he dicho que nunca pregunto. Cuanto menos sé, menos problemas tengo. ¿Entiendes?

No entendí nada, así que preferí callarme. Los rayos del sol atravesaban los cristales y su reflejo formaba un pentágono de colores. El traqueteo me adormeció y soñé con la FONDA EL TORO.

«La mujer del anillo de oro estaba sentada en un sillón de cuero y me señalaba con el dedo en actitud amenazante. En la sala no había nada: ni muebles, ni adornos, ni espejos, ni siquiera columnas. Sólo ella y yo.

El suelo era de mármol verde jaspeado en blanco, y mi figura se reflejaba como en una pista de hielo. Grandes vidrieras de colores proyectaban sendos rayos de luz que iluminaban la sala como si fuera el escenario de un teatro.

Exactamente en el centro se elevaba una escalera de veinte peldaños. Los mismos que nos separaban. Ella me vigilaba desde arriba; su pose parecía la de un buitre que acorralara a la presa para despedazarla, pero en ningún momento se movió como para atacarme.

Me arrodillé y le supliqué que me perdonara la vida. Sus labios se movían como si estuviera masticando chicle y las cejas se le arqueaban hasta ocupar casi toda la frente.

Me decía cosas horribles y me intimidaba con gritos espantosos. Yo trataba de huir, corriendo de un lado para otro sin encontrar la puerta, y me desesperaba dando puñetazos contra las paredes. Las ventanas se alejaban hacia el techo y el suelo se hundía bajo mis pies.

La sala se deformaba en curvas y yo rodaba de un extremo al otro sin posibilidad de evitarlo. Me sentía como un muñeco de trapo repleto de serrín. La cabeza me daba vueltas y no veía el fin de una situación tan angustiosa. Ella agitaba la cabeza, como queriendo darme a entender que estaba tan loca como aparentaba. Los cabellos grises se le ponían de punta, y tomaba un aspecto cadavérico.

Se levantaba del sillón y se retorcía de risa entre juramentos y maldiciones. Disfrutaba tanto que, en uno de sus aspavientos, perdió el equilibrio y rodó por las escaleras.

Se hizo trizas. La dentadura postiza se le partió y los dientes rodaron por el suelo como las cuentas de un collar; el pelo le quedó lacio, los brazos rígidos como bates de béisbol, el cráneo hueco, la nariz tan chata como la de un cerdo, las orejas encogidas y los ojos desencajados.

Fue entonces cuando me di cuenta de que no tenía por qué temerla. En el fondo no era más que una vieja loca que se divertía a costa de los demás. Lo triste es que nunca pensó que la escalera desde la que creía controlar el mundo fuera la causa de su muerte. La pobre mujer era de carne y hueso y se había quedado en la carne. Los huesos se le habían hecho polvo».

Abrí los ojos y bostecé. Había descansado lo suficiente como para recuperar fuerzas, y hasta tenía hambre. El viejo no se había movido de la cabina.

—¿Qué hora es? —le pregunté en forma mecánica.

—Las cinco y cuarto. ¿Has dormido bien?

—Como un tronco —le respondí inmediatamente.

Sonrió. Estaba sentado, con un libro sobre las piernas, y lo hojeaba con interés.

—¡Fíjate, muchacho, éstos sí que eran trenes!

Me entregó el libro, abierto por la página 149. En la parte superior se destacaba una fotografía en blanco y negro. Era una máquina de vapor muy antigua. Al pie de la foto, un breve texto: «Primera máquina de la Compañía de los Ferrocarriles de la Isla. Se inauguró el 10 de mayo de 1876, reinando don Augusto III».

Lo cerré y leí el título: *De la bicicleta al tren*. Tenía tanto polvo que noté un fuerte picor en la garganta y estornudé tres veces seguidas. La fotografía despertó mi curiosidad; pensé que no sería mala idea echar un vistazo a los libros del viejo.

—Me gustaría ver los demás libros...

Le toqué en su punto débil. Ajustó los mandos y salió disparado. Se llevó las manos a la cabeza como si se le hubiera olvidado algo y volvió sobre sus pasos. Me agarró del brazo y me arrastró tras sí.

—¡Ven conmigo! Te los enseñaré todos.

Una vez en el compartimiento abrió el armario de madera que se encontraba junto a la puerta y me quedé asombrado al ver la cantidad de libros que guardaba. Los había de todos los tamaños. Estaban encuadernados en rústica, en tela y en piel.

—¿Son todos suyos?

—Todos míos...

—¿Los tiene clasificados?

—Los tengo colocados por fechas.

—¿Y por qué no los separa por temas?

Me miró como si hubiera dicho una tontería, y efectivamente había dicho la mayor tontería del mundo, porque todos sus libros trataban de lo mismo: el tren. Se volvía loco describiéndomelos:

—... Éste es de los años veinte; este otro es de mecánica; éste se lo compré a un judío en Israel; éste lo cambié por mi reloj de oro; éste me costó cuatro mil pesetas; éste me lo regalaron en el último viaje; éste...

Fue como si le hubieran tapado la boca de golpe. En la mano sujetaba un libro encuadernado en azul que, a simple vista, no se distinguía de los demás. Incluso habría pasado inadvertido si no hubiese estado colocado en el primer estante. Lo dejó en su sitio y trató de desviar la conversación:

—¿Te gusta leer?

—Cuéntemelo —le contesté.

—No hay nada que contar. Es un libro que no tiene demasiado interés.

No le creí. Era imposible que en aquella biblioteca hubiese un solo volumen que no fuera interesante. Decidí probar fortuna de nuevo y cambié de táctica:

—Perdóneme, no he querido ser indiscreto. Mi única intención era conocer la procedencia del libro. Lo siento.

Mi astucia dio un resultado inaudito. El viejo cayó en la trampa y me lo contó todo:

—No tienes por qué disculparte; ese maldito libro me trae muy malos recuerdos. Tuve que dejarme la piel para conseguirlo y a punto estuve de perder una pierna. Me lo vendió un sinvergüenza que se hizo pasar por comerciante. Después quiso robármelo y... en fin, es una historia muy larga y él ya no podrá contarla...

—¿Lo mató?

—Yo no he dicho eso...

—Pero lo ha insinuado.

—Tampoco. Está vivo y muy vivo; lo único que le pasa es que le falta la lengua.

El tren frenó bruscamente y el viejo corrió hacia la cabina. Salí tras él, pero no logré alcanzarle. Cuando llegué, ya controlaba la situación. Estábamos en el interior de un túnel y no se veía absolutamente nada.

—¡Presta atención, muchacho! —me dijo sin quitar los ojos de la vía.

Nos hicieron señales con un farol de mano. La luz avanzó hacia nosotros por la vía contraria y permanecimos atentos a cualquier movimiento extraño.

—¡Apaguen los focos! —gritaron.

En ese momento temí que se tratara de un asalto. Las piernas me temblaban; en la garganta se me formó algo así como una bola de barro que me impedía respirar. El viejo obedeció y el tren quedó totalmente a oscuras.

—¿Te atreves a bajar? —me preguntó.

—Claro —le dije sin dudarlo.

Tenía más miedo que vergüenza, pero no quise confesárselo. Bajé del tren y me dirigí hacia el punto luminoso. Tropecé con las traviesas y me torcí un tobillo. Cuando me faltaban unos metros para encontrarme con el desconocido, alguien me ordenó que me detuviera. La voz procedía de mi izquierda. Era imposible ver la cara del que hablaba. Me quedé inmóvil y le escuché con la máxima atención.

—Llevan ustedes un minuto de retraso. Necesito recuperarlo antes de la próxima parada. Dentro de dos horas exactamente debo entregar una carta de vital importancia.

Oí que marchaba hacia el tren y corrí a contárselo al viejo. Estaba tan nervioso que no acertaba a abrir la boca.

—Cálmate, muchacho.

—Me... me ha di... dicho que... que es de una im... impor... tan... importancia vital... —tartamudeé.

—Tranquilo, a mí me dice lo mismo todos los fines de semana... No te preocupes, llegaremos a tiempo. Dile que suba.

No encontré a quién decírselo porque la luz ya no estaba. La puerta del tercer vagón se cerró y me imaginé que aquel hombre se había tomado la libertad de acompañarnos. Salimos del túnel. Todo volvió a la normalidad, todo menos mi cerebro, que no acababa de comprender lo que ocurría.

Me acerqué muy despacio hasta el lugar donde se había instalado el misterioso sujeto, y le observé detenidamente. No vi nada extraño en su rostro. Vestía capa y pantalón negro. Los zapatos, de charol, terminaban en punta. La única característica especial era que llevaba un calcetín de cada color. El del pie derecho era verde y el del izquierdo amarillo. Cuando menos lo esperaba, se abalanzó sobre mí.

—¿Qué pretendes, chico?

Instintivamente le asesté un cabezazo en la punta de la nariz y le mordí una mano. No tuvo más remedio que soltarme para librarse de mis dientes.

—¿Por qué me espías?

—No le estaba espiando, sólo le observaba.

—Escúchame, muchacho: no quiero problemas; tengo una misión que cumplir y nada ni nadie lo podrá evitar. Tampoco tú. ¿He hablado claro?

—¡A mí qué me importan sus mensajes!

En cuanto me oyó gritar cambió completamente. Se quitó la capa, se tranquilizó y trató de desviar la conversación:

—¿Hacia dónde te diriges?

—De momento, hacia el mismo lugar que usted —le contesté con recelo.

—¿Sabes dónde voy?

—No tengo la menor idea, pero no nos queda más remedio que viajar juntos.

—Lo siento, chico; te he confundido con un espía. He de tener cuidado de no caer en manos del enemigo.

—¿Enemigos de quién?

—No puedo hablar. Todo está en el mensaje...

—¿Y dice usted que es de importancia vital?

—No lo dudes, llevo instrucciones que podrían provocar la gran guerra.

—¿La guerra mundial?

—La guerra universal...

Nunca antes había pensado en la guerra ni en la posibilidad de vivirla. Durante unos segundos recordé las películas y las imágenes de televisión. De pronto, el hombre emitió un ronquido sordo y me dio un susto de muerte. Se había quedado dormido.

Habría dado cualquier cosa por leer la carta, pero me quedé con las ganas. Dos horas después, y con el tren en marcha, el hombre se deslizó por los escalones del vagón y se confundió con la noche.

# III

# La segunda noche

*Jugando con las estrellas. — Un prestidigitador de prestigio. — La boda. — La pitonisa de la pecera. — El gas dé la muerte. — Desayunar a lo grande. — Un mono de repetición. — La visita del esperpento. — El jeroglífico. — El cementerio de San Miniato.*

ESTABA distraído contando las estrellas de la Osa Mayor y tratando de localizar la nebulosa de Orión, cuando el viejo se interesó por mi vida.

—¿Cuántos años tienes?

—Trece. Los he cumplido el mes pasado.

—Yo tengo setenta y uno. Los cumplí el cinco de mayo.

—Entonces es usted Tauro.

—Sí, soy el más cabezota de los Tauro —me dijo mientras se golpeaba con el puño en la frente.

Una estrella fugaz atravesó el firmamento y se perdió en el fondo del universo. Los dos tuvimos la fortuna de verla y los dos nos quedamos embobados cuando se desintegró.

—¡Es impresionante! —exclamé.

—Estamos de suerte, chico.

—¿Cree usted en la suerte?

—Creo en las estrellas fugaces. Siempre que las veo, cierro los ojos y pido un deseo.

—¿Y se cumple?

—No lo sé. Tampoco me importa demasiado...

—Entonces, ¿por qué lo pide?

—Me hace ilusión. Soy incapaz de dejar pasar una estrella sin pedir un deseo. Es como si hablara con ellas.

Cada vez me resultaba más difícil entenderle. Me decía cosas tan inverosímiles que no podía quitarme de la cabeza la idea de que estaba un poco chiflado. Lo cierto es que hablaba con tal naturalidad que estoy seguro de que no pretendía impresionarme.

—¿Conoce las estrellas? —le pregunté sin dejar de mirar al cielo.

—Las conozco perfectamente. Casi, casi como a mí mismo.

—Entonces sabrá cuál es Orión...

—¡Ah, no! —exclamó sin dejarme terminar—. Las conozco todas, pero no por su nombre, sino por su situación. Aquélla que está en lo más alto sólo se ve durante el otoño; la que tienes a tu izquierda es la que más brilla; y aquélla de color azul se esconde cuando amanece. Ya lo verás...

—¿Cuál es la más grande?

—Depende. Las que más brillan parecen mayores, pero a veces no lo son. No es cuestión de tamaños, sino de proximidad a la Tierra.

Continuó describiéndome las estrellas y me dejó sorprendido cuando comprobé que se sabía de memoria la hora exacta en que aparecía y desaparecía cada una de ellas. Mientras hablábamos, me imaginé que era una estatua y fijé la vista en el cielo: el tren no se movía y las estrellas se desplazaban a gran velocidad.

Serían aproximadamente las cuatro de la mañana cuando nos detuvimos junto a un lago iluminado con antorchas. El viento soplaba tan fuerte que las chispas de fuego nos salpicaban el cuerpo.

El reflejo de las llamas producía un efecto diabólico y creaba figuras que se deslizaban hacia las orillas y se desvanecían en la arena. A muy poca distancia del tren se bamboleaban un par de barcas. Estaban amarradas a dos troncos que soportaban la plataforma del embarcadero. El oleaje las hacía entrechocar, y las arrastraba una y otra vez contra los troncos. La madera crujió y el corazón me dio un vuelco. Instintivamente eché el seguro de la puerta y me acerqué al viejo.

—¿Tienes miedo?

—¿Yo? —le contesté como si la pregunta no fuera conmigo.

—¿Y quién, si no?

—Es mejor no fiarse... A veces conviene estar prevenido.

—¡Mira! —gritó.

Me pegó tal susto que le agarré por la cintura y no le solté hasta que, al mirarle a los ojos, me di cuenta de que estaba haciendo el ridículo. Pasé tanta vergüenza que justifiqué mi temor increpándole:

—¡Me ha dado un susto de muerte!

—¿Yo? —me contestó, como si la pregunta no fuera con él.

—¿Y quién, si no?

—Es mejor no fiarse... A veces conviene...

Se estaba burlando de mí con tal descaro que nos echamos a reír como dos idiotas. Le pregunté qué era lo que debía mirar.

—La barca, muchacho, la barca. Tenía un boquete así de grande —me dijo dibujando un círculo con las dos manos—. Se ha hundido en un santiamén.

—¿En un qué?

—En nada, chico, en nada; se la ha tragado el agua.

Saqué la cabeza por una ventanilla para sentir la fuerza del aire en la cara. Cuando más a gusto estaba, alguien me golpeó en el hombro. Pensé que sería el viejo y me volví lentamente.

—Permíteme que me presente. Soy prestidigitador; ya sabes, de los que tenemos prestigio. ¿Lo has cogido? ¿Verdad que sí? Es un buen chiste, tan bueno como los mejores. Soy prestidigitador de prestigio y cómico de comicio. ¿Lo has cogido? De comicio, ¿entiendes? De comicio de comer. ¿A que tiene gracia?

Era uno de esos tipos pegajosos que no dejan de dar la paliza hasta que los mandas muy lejos. Llevaba un sombrero tan aplastado que parecía un plato. Se frotaba las yemas de los dedos dando evidentes muestras de nerviosismo y repasaba los labios con la lengua mientras hablaba.

Unos guantes de lana le recubrían la parte posterior de la mano. No sé de qué color eran, porque estaban recubiertos por una espesa capa de polvo y por una costra de materia indefinida. La chaqueta estaba rota por los codos, y los pantalones tenían más remiendos que la carpa de un circo viejo.

—Aquí tienes mi tarjeta.

Era una tarjeta normal y corriente. En el centro tenía escrito el nombre, y un poco más abajo la dirección completa. El único adorno era una cenefa que simulaba el trenzado de una cuerda.

—Puedes llamarme de lunes a viernes durante las veinticuatro horas del día. Procura no molestar de noche porque tengo muy mal despertar. Los sábados y los domingos también puedes localizarme, pero debes cambiar de número.

Como en la tarjeta no figuraba ningún teléfono, le rogué que me los anotara. Sólo apuntó uno.

—¿Y el otro? —le pregunté.

—¿Qué otro? —me contestó, como si esperara la pregunta.

—¿No me ha dicho que tiene dos teléfonos?

—Lo único que he dicho es que debes cambiar de número. ¿No lo coges? Es bueno; éste sí que es bueno. Eres tú quien debe cambiar de número; yo no tengo más que un teléfono y a veces comunica. ¿Lo coges? Es uno de mis chistes favoritos...

No le encontré la gracia por ningún lado. Empezaba a caerme gordo, tan gordo que cada vez que me preguntaba si lo cogía me daban ganas de cogerle de verdad, pero del cuello.

—¿Te gustan los juegos de pies?

—No lo sé; nunca he visto hacer juegos de pies.

—Soy un auténtico especialista. Manejo los pies mucho mejor que las manos. ¡Fíjate!

Abrió una maleta a cuadros y un montón de cosas se desparramaron por el suelo. Cogió tres pelotas de goma y se tumbó. Levantó las piernas, las estiró y lanzó las pelotas al aire. Durante un minuto estuvo haciendo malabares ante mis narices. Era cierto que dominaba las pelotas como si estuvieran amaestradas, pero también era cierto que los pies le olían a queso de Roquefort.

—¿Qué te ha parecido?

—Creo que...

—Gracias... gracias... Estoy acostumbrado a los halagos y no me sorprende tu admiración. Puedes aplaudir si así lo deseas; no te cohíbas.

Por supuesto que no le aplaudí. Hubiera sido demasiado descarado. Sólo le faltaba el elogio de alguien para sentirse el rey. A pesar de todo, no me hizo ni caso y continuó exhibiendo sus habilidades.

—Voy a mostrarte un número único. ¡Cierra los ojos!

Le hice creer que los había cerrado y los dejé entreabiertos. A través de las pestañas pude ver todo lo que hacía. Se metió una flor en la boca y escondió otra, exactamente igual, entre los dedos de la mano izquierda.

—Ya puedes abrirlos —me dijo.

Me mostró la flor de la mano y, por medio de juegos y

más juegos, la hizo desaparecer en el interior del puño. Después trató de confundirme con una serie de muecas y de giros que conocía de sobra porque los había visto en la televisión cientos de veces. Antes de que se llevara la mano a la boca, le chafé el final del número:

—Conozco ese truco, es tan viejo que cualquiera podría hacerlo.

—¿Estás seguro?

—Tan seguro como de que viajo en este tren.

—Está bien, ¿dónde está la flor?

—En la boca —me apresuré a contestarle.

Abrió la boca de par en par y allí no había nada. Movió la lengua para demostrarme que había conseguido engañarme y volvió a frotarse las yemas de los dedos en una inequívoca muestra de satisfacción.

—¿En la boca, eh?

—Juraría que...

—Te dije que cerraras los ojos. Ninguno podéis resistir la tentación de dejarlos abiertos. Ése es el truco.

—¿Y la flor?

—Me la comí, es una flor de chocolate. A nadie le amarga un dulce.

Recogió los artilugios que llevaba en la maleta y se ajustó los guantes. Se abrochó el cuello de la camisa, se colocó la solapa de la chaqueta, sacudió el polvo del sombrero y me ofreció la segunda flor.

—No te la comas, es de papel y podría hacerte daño.

Antes de salir del vagón imitó la voz del pato Donald y chascó la lengua como si descorchara una botella. Luego se despidió:

—Ya sabes... si necesitas un prestidigitador de prestigio, no dudes en llamarme. De prestigio y de comicio. ¿Lo coges? De comicio de comer... Es bueno; te lo digo yo que es mío. Hasta la vista, chico.

De pronto oí la música de una orquesta. A lo lejos apareció una banda compuesta por veintiún músicos que desfilaban al ritmo de una marcha militar. Sus uniformes eran rojos, con botones plateados y flecos en las hombreras. Las gorras, de plato, llevaban cosida una cinta dorada.

Al frente venía una mujer con la batuta en alto. Era bien parecida y su traje se destacaba de los demás: pantalones bombachos, casaca ceñida, botas altas y sombrero de paja. Con un primer movimiento de la mano hizo cambiar a los músicos de posición; con un segundo movimiento dejaron de tocar.

La primera línea la componían los instrumentos de cuerda; la segunda los de viento y la tercera los de percusión. La directora agitó la batuta y contó hasta tres. Los violines fueron los primeros en romper el silencio; les siguieron las trompetas y los oboes.

Tocaban una pieza clásica bastante conocida. Sonaba tan bien, que nadie habría superado su excelente calidad y su depurada técnica de no haber sido por dos pequeños detalles.

El primero tenía fácil solución: el músico del trombón era tan bajito que, además de hacer volar el pelo del flautista de delante, lo sometía a constante tortura metiéndole las notas

por las orejas. El segundo ya no era tan fácil de resolver: el encargado del bombo interpretaba la partitura a su antojo, y la emprendía a mazazos en los momentos más inoportunos.

Un murmullo creciente acabó con la música. Decenas de personas surgieron de la oscuridad entre exageradas aclamaciones y evidentes muestras de alegría: era una boda.

El novio era alto y fuerte; la novia bajita y gorda. Él vestía traje azul; ella traje blanco. Los dos llevaban sombrero: él de copa y ella de fieltro. Él lucía una corbata aparatosa; ella un lazo de tul.

Los invitados gritaban y aplaudían. En cuanto vieron aparecer al fotógrafo se arremolinaron en torno a los recién casados y, como si todo estuviera estudiado, fueron ocupando sus puestos sin necesidad de que los llamaran al orden. Delante se colocaron los niños, en medio las mujeres y detrás los hombres.

El fotógrafo era diminuto y se perdía dentro de una bata blanca. Tenía un bigote tan fino que parecía una raya de tinta negra sobre un papel de fumar. Trabajaba con tal lentitud que era capaz de aburrir a un muerto.

El fogonazo fue la señal. El objetivo de la cámara se abrió y la imagen quedó impresionada en el negativo. Los invitados volvieron a las andadas y una explosión de júbilo acabó con la tranquilidad. Una lluvia de arroz bañó a los novios. Algún mal intencionado apuntó a los ojos y consiguió su propósito: un par de granos terminaron bajo el párpado derecho de la novia.

A duras penas, el fotógrafo rescató a la pareja y se la llevó junto al lago para hacerle un retrato inolvidable. Esta vez no llevaba cámara. Enfocó a los recién casados a través del índice y el pulgar de las dos manos, les pidió que miraran al pajarito, y disparó.

Cuando los novios decidieron subir al tren, los invitados se empeñaron en desearles una maravillosa luna de miel. Uno a uno fueron sobando las manos del novio y desgastando las mejillas de la novia. La despedida fue tan larga que nos hicieron esperar más de media hora.

Se instalaron en el primer vagón y echaron las cortinas. El viejo se acercó para felicitarles.

—Si desean algo, no duden en pedirlo.

—Gracias, señor —dijo ella.

—¿A qué hora les aviso?

—No nos avise nunca —contestó el novio, guiñando un ojo.

El viejo me hizo un gesto con las manos para darme a entender que debíamos retirarnos, y regresamos a la cabina de la máquina.

—Es la sexta vez que se casan en dos meses. Deben de estar muy enamorados... —me dijo de la forma más natural.

Una vez más no comprendí nada. Aquello me parecía completamente absurdo, pero había aprendido la lección y no pregunté. Seguí observando las estrellas y me dejé llevar por la imaginación.

A las seis y media de la mañana los recién casados tuvieron el capricho de contemplar el amanecer desde una colina, así que no hubo más remedio que detener el tren. La novia se estiró como un chicle y se interesó por el desayuno:

—Tengo hambre, querido —le dijo con voz de niña mimada.

—Yo también —contestó con voz melosa—. Y añadió:

—En cuanto lleguemos a casa, te prepararé lo que quieras...

Iban tan acaramelados que al apearse tropezaron en el escalón y estuvieron a punto de caer. Aun así, continuaron agarrados como lapas, sin hacer el menor caso de nuestras miradas.

Aprovechamos la parada para estirar las piernas y revisar las ruedas.

—¿Cuánto tiempo estaremos aquí? —pregunté.

—El suficiente...

—¿Y los novios?

—No te preocupes, nunca regresan...

Dimos una vuelta completa alrededor del tren. El viejo comprobó los enganches y se aseguró de que los cables de los frenos estaban en perfectas condiciones. Luego volvimos a la cabina.

Desde la ventanilla de la máquina el tren se nos mostraba como un gusano de luz cada vez que tomábamos una curva. A lo lejos se divisaba una serie de puntos que, por la forma en que estaban dispuestos, debían de ser pequeñas viviendas construidas en la montaña.

En una de las curvas me dediqué a contar los vagones. Eran nueve. Las luces del cuarto estaban apagadas, y me picó la curiosidad. En menos de un minuto me presenté ante la puerta y la abrí sin preocuparme de nada.

Una ráfaga de viento estuvo a punto de lanzarme al vacío. No había nada. El cuarto vagón había desaparecido y el tren continuaba la marcha como si tal cosa. El quinto vagón se movía al mismo ritmo que el resto del tren y, sin embargo, estaba desenganchado.

Retrocedí, y cerré la puerta. Seguí mirando a través de los cristales, y poco a poco el vagón tomó forma de nuevo. En el centro había una especie de mesa cubierta por un paño oscuro, y sobre la mesa una bola transparente. Unas manos, huesudas y deformes, surgieron de la oscuridad y acariciaron la esfera como si quisieran sacarle brillo.

Forcé la vista y pude adivinar la figura de una pitonisa. Llevaba un turbante rojo adornado con un brillante azul y una pluma de pavo real. La túnica era negra, salpicada de lunares blancos. Me llamaron la atención los grandes ojos verdes de la mujer, y su descompasada risa. Frotaba la bola con tanta fuerza que las manos enrojecieron en unos segundos y las uñas lanzaron pequeñas descargas eléctricas.

Nada más advertir mi presencia se cubrió la cara con el manto y lanzó un alarido espantoso. No me moví. Traté de aparentar indiferencia, pero fue inútil. En seguida se dio cuenta de que estaba aterrorizado y me gritó para que me acercara:

—¿Es a mí? —dije tontamente.

—¿A quién, si no? —me contestó descubriéndose el rostro.

Me acerqué muy despacio, temeroso de que en cualquier momento pudiera ocurrir algo imprevisto. Poco a poco fui percibiendo detalles de su figura, y comprobé que era tan seca como un palo y tan arrugada como una pasa.

Del lado izquierdo tenía una cicatriz que le atravesaba la cara de arriba abajo y se perdía en el cuello. Las arrugas eran tan pronunciadas que parecían habérselas tallado con un cincel.

—¿Qué haces aquí? —me preguntó, como si yo lo supiera.

—No lo sé.

—¿No sabes lo que haces? —insistió.

—No —le contesté, sin pensar la respuesta.

—Sólo los idiotas no saben lo que hacen. Supongo que no eres un idiota...

—Sí, digo no, digo sí, digo...

Me puse tan nervioso que no acerté a decir más. Sus verdes ojos se abrieron como bolas de billar y me pareció que querían comerme. Respiré profundamente y me armé de valor.

—¿Y usted qué hace aquí? —le pregunté.

—Tampoco lo sé.

—¿No sabe lo que hace aquí? —insistí.

—No —me contestó sin pensar.

—Sólo los idiotas no saben lo que hacen. Supongo que usted no es idiota.

—Sí, digo no, digo sí, digo...

Se puso tan nerviosa que golpeó la bola con el puño cerrado y volvió a lanzar descargas con las uñas. Rechinó los dientes, bufó, gritó y bramó:

—De haber sabido que me encontraría con alguien tan impertinente no hubiera subido a este barco.

—¿Barco? Esto no es un barco, es un tren —le repliqué inmediatamente.

—¡Tren! —exclamó—. Ya decía yo que hacía un ruido extraño. Además no huele a mar. Otra vez he vuelto a equivocarme. Esta maldita bola no sirve para nada.

—¿Puedo mirar? —pregunté tímidamente.

—Mira lo que quieras; no conseguirás ver nada. Esto me pasa por comprar cosas baratas. En cuanto regrese, le ajustaré las cuentas a ese bribón...

—¿A qué bribón?

—Al tendero de mi barrio. Es la cuarta bola que le compro este año, y no veo otra cosa que agua y manchas oscuras. Es un auténtico usurero.

En el preciso instante en que me estaba diciendo que no veía más que agua, tuve que contenerme una carcajada. La bola era una simple pecera en la que nadaban dos peces del tamaño de un encendedor y que debían de ser las manchas oscuras a las que se refería.

—Tiene usted toda la razón, señora; ese tendero debe de ser bastante bribón; en lugar de una bola le ha vendido una pecera con peces y todo.

—¡Cómo te atreves, insensato!

Había clavado las uñas en la mesa y los pómulos se le habían hinchado como dos globos a punto de reventar. Me quedé perplejo y sólo acerté a tartamudear dos o tres palabras:

—Qui... quiero... de... decir... que...

—¡Cállate! Nadie puede llamar bribón a mi marido del alma. Sólo me lo permite a mí. Bribón o no, es mi marido... Si tuvieras algo de vergüenza, me pedirías perdón y abandonarías el barco.

—Ya le he dicho que no estamos en un barco.

—Este chico debe de pensar que soy tonta —le dijo a la bola como si fuera capaz de entenderla.

No tuve tiempo de pedirle perdón. Se envolvió en la túnica, dio dos patadas en el suelo y desapareció sin dejar ni rastro. Lo que más me fastidió fue perder la oportunidad de que me adivinara el futuro. Siempre tuve la ilusión de saber cómo sería de mayor, y perdí la ocasión de averiguarlo.

Al regresar a la cabina, encontré una nota pegada en el parabrisas. El texto estaba escrito en letras de imprenta y lo leí sin dificultad:

NO SE DETENGAN. EL AIRE ESTA CONTAMINADO.
DEBEN CREERME. NO PUEDO EXPLICARLES MÁS.

Enseguida avisé al viejo. Sacó la pipa del bolsillo trasero del pantalón y la llenó de tabaco con gran calma. Lo aplastó una y otra vez con el dedo pulgar de la mano derecha y luego se llevó la pipa a la boca. Rechinó los dientes y me dijo:

—Esto no me gusta nada...

A mí tampoco me gustaba nada, sobre todo porque me daba en la nariz que el contenido del anónimo era cierto. El hombre encendió la pipa y la cabina se llenó de humo. El olor del tabaco era demasiado fuerte. Abrí las ventanillas para respirar aire puro. Cuando asomé la cabeza, me quedé perplejo al ver la densa nube gris que cubría el horizonte y se acercaba amenazadora.

—¡Allí! —exclamé.

Se sorprendió tanto que abrió la boca y la pipa fue a parar

al suelo. Tardó al menos treinta segundos en reaccionar:

—Rápido, chico; cierra las ventanillas.

Jamás había corrido tanto. Ni una sola ventanilla del tren quedó abierta. Sudaba como un pollo y la boca se me llenaba de saliva. Tuve que fijar la vista en el suelo para no huir despavorido. El viejo conectó el piloto automático y me ordenó que no me moviera de allí.

El cielo se oscureció. La masa de polvo tragaba todo lo que encontraba a su paso. La vegetación desaparecía como engullida por un fantasma. Estuve a punto de parar el tren, pero en ese momento el viejo llegó con un libro en la mano.

—Toma, muchacho; busca el capítulo de nubes radiactivas.

Afortunadamente estaba acostumbrado a manejar los índices de mis libros.

—No lo encuentro...

—Tienes que encontrarlo. Está escrito ahí; me acuerdo perfectamente...

Por fin localicé un capítulo con un título parecido:

CUERPOS EXTRAÑOS Y NUBES DE GAS

—¡Ése es! —me gritó.

Leí en voz alta las primeras líneas de la página 64. En el segundo párrafo me interrumpió de mala manera:

—Más adelante, más adelante...

La nube se acercaba peligrosamente. Olía a una mezcla de azufre y tierra mojada. Una extraña presión se apoderó del ambiente, y cada segundo que pasaba se me hacía más y más difícil abrir la boca para pronunciar las palabras.

—¡Aquí está!

Me arrebató el libro de las manos y se lo acercó a los ojos. Rápidamente ajustó la velocidad al mínimo, cortó un cable del grosor de una caña, sacó los hilos de cobre de su interior y lo dejó hueco. Después me dijo:

—Escucha con atención: por nada del mundo debes quitarte el cable de la boca. Ahora tápate la nariz con los dedos y cada vez que te haga una señal con los ojos respira a través del tubo. ¿Lo has entendido?

Le contesté afirmativamente moviendo la cabeza. Quince segundos después, la nube nos envolvió. Nos tumbamos frente a frente, él sobre el costado derecho y yo sobre el izquierdo. Cada vez que movía los ojos inspirábamos y espirábamos. Primero yo y luego él. Respiramos el mismo oxígeno durante un buen rato, aunque no sabría calcular el tiempo.

Es increíble la cantidad de cosas en las que se puede pensar en un momento tan dramático. Me acordé de mi hermano y de las veces que nos habíamos pegado; del profesor de matemáticas y del día en que le puse la chincheta en la silla; de mi vecina Silvia y del beso que le di en el parque; y de todo lo que había dejado sin hacer y que me gustaría haber terminado.

En el fondo no eran más que un montón de idioteces, pero la conciencia me las recordaba y me hacía sentir culpable: los pantalones sin colgar, los zapatos sucios, los ejercicios a medio hacer, el pájaro sin agua, las ruedas de la bicicleta embarradas, los calcetines arrugados...

También pensé que me asfixiaría. «Nadie puede salir de una situación como ésta», me dije. Siempre quise morir del modo más rápido, y precisamente éste no era un modelo de muerte fulminante. Recordé que Patxi-Atxi decía que jamás volaría sobre el mar, porque además del golpazo del avión se podía morir ahogado. Es curioso, pero las circunstancias eran parecidas: en el caso de que el tren descarrilara, moriríamos asfixiados.

Nada me dio más alegría que verme de nuevo bajo los rayos del sol. El tren salió de la nube a tal velocidad que me pareció quedar suspendido en el aire. Me levanté y abrí las ventanillas. Un viento limpio atravesó la cabina de un lado al otro.

—¡Aire puro! —grité.

El viejo no me contestó. Estaba boca abajo y no se movía. Me asusté. Le di la vuelta como pude y le quité el tubo de la boca. Abrió los ojos, tosió varias veces y sonrió. Me dio dos golpes en la mejilla y preguntó:

—¿Hice o no hice un buen cambio, muchacho?

Pensé que deliraba; le ayudé a incorporarse y apoyó la espalda en la pared. Hacía calor. Se dio cuenta de que no le había entendido y añadió:

—Ése es uno de los libros que cambié por las botas.

Teníamos la cara tan negra como el carbón y la piel tan pegajosa como la resina. Los ojos me picaban; en los labios me había quedado un extraño sabor agridulce.

—Será mejor que nos lavemos un poco...

—¿Un poco? —le pregunté en tono jocoso.

—Tienes razón. Será mejor que nos lavemos un mucho.

Sacudí la ropa lo mejor que pude y gasté media pastilla de jabón en adecentarme. El viejo hizo otro tanto; a juzgar por el resultado debió de esmerarse lo suyo: parecía otro.

La mañana era espléndida. Entramos en una hoz repleta de aves rapaces. Planeaban sobre el tren dejándose llevar por las corrientes de aire. Un rebaño de ovejas pastaba protegido por un mastín de pelo blanco. El pastor nos saludó levantando la cayada. El viejo le respondió haciendo sonar el silbato y el eco devolvió el pitido multiplicándolo por veinte.

A las nueve decidimos reponer fuerzas. Estábamos muy cansados. Todavía no conocía el nombre del viejo y él tampoco me había preguntado el mío. Daba la impresión de que quería mantener el anonimato.

—Nos detendremos en el próximo pueblo y desayunaremos bien. ¿Qué te parece, chico?

—Que me comería un elefante.

No fue para tanto, pero hicimos lo que pudimos. Yo me comí un bocadillo de jamón y un trozo de tarta con un vaso de leche. Él devoró dos huevos fritos con salchichas y medio litro de vino tinto. Después de tomar café se levantó de la mesa, estiró los brazos, bostezó y me dijo:

—Esto ya es otra cosa...

El bar no era demasiado grande. Lo atendía una mujer gruesa y amable. De las paredes colgaban las cabezas de varios animales. Estaban disecados. Tenían los ojos de cristal y me miraban como si me conocieran de toda la vida, sobre todo un jabalí al que le faltaban los colmillos.

Las mesas eran de mármol y las sillas de madera de pino.

Al fondo, dos hombres hablaban en voz baja y nos señalaban de vez en cuando.

En un estante situado al otro lado del mostrador había un montón de botellas de distintas formas y colores. Contenían los licores más raros que uno se pueda imaginar: madroño, genciana, atocha, glicinia, frambuesa, acerolo, arándano...

Junto a la puerta había una máquina tragaperras que no paraba de funcionar. Siempre daba premio. El hombre que estaba jugando depositaba las monedas en forma mecánica y pulsaba los botones con cierta brusquedad. Inmediatamente aparecían tres estrellas, sonaba la música pregrabada y brotaba el dinero.

—No me gustan esas máquinas.

—¿Por qué? —le pregunté, deseando jugar.

—Porque son un vicio. Además siempre se gana, y eso no tiene ni pizca de gracia.

—No tendrá gracia, pero nos podemos forrar de dinero.

El viejo preparó un billete de mil pesetas y chascó los dedos para llamar a la señora.

Desde la otra esquina del mostrador, un joven imitó su gesto. En un principio no hicimos caso, pero cuando comprobamos que repetía exactamente los mismos movimientos y palabras, empezamos a preocuparnos.

—¿Qué le debemos?

—¿Qué le debemos? —repitió el joven.

—Poco dinero —contestó la mujer sin hacerle caso.

Sacó un bolígrafo del interior de un cajón e hizo la cuenta en un trozo de papel de estraza. Lo llenó de números.

—Son mil doscientos reales... —nos dijo, atrapando el

billete como si fuera una mosca. Al mismo tiempo, y con la otra mano, cazó el billete del joven.

Mientras esperábamos el cambio, intenté averiguar mentalmente cuántas pesetas eran los mil doscientos reales. Uno de los hombres que cuchicheaban cuando entramos se acercó tímidamente y nos habló en voz baja. Apenas entendimos dos o tres palabras.

—¿Cómo dice, señor? —le preguntó el viejo.

—¿Cómo dice, señor? —le repitió el joven del mostrador.

El hombre dio un paso hacia atrás y se tapó la cara. Evidentemente, tenía miedo. Bajó las manos y nos dijo:

—¿Van ustedes hacia el norte?

—¿Por qué quiere saberlo?

—¿Por qué quiere saberlo? —repitió otra vez el joven.

El hombre retrocedió de nuevo. Se puso pálido y esperó la respuesta. El viejo le tranquilizó:

—El norte está demasiado lejos; tan lejos como el sur...

—Perdone usted. He debido ser más concreto. Vamos al cementerio de San Miniato, a doscientos kilómetros de aquí.

Mientras el hombre se explicaba, el joven repitió una vez más las palabras del viejo y no había manera de enterarse de nada.

—Están ustedes de suerte; mi tren tiene parada en San Miniato.

—Gracias, muchas gracias.

—No me dé las gracias; mi ayudante comprobará las tarifas y les indicará el precio del viaje. ¿De acuerdo?

—¿De acuerdo? —repitió el joven.

El hombre inclinó la cabeza y se retiró sin darnos la espalda. Cuando se encontró con su amigo, le habló en un idioma desconocido: estaba traduciendo lo que habíamos acordado.

El viejo volvió a llamar a la señora y señaló una botella medio vacía. La mujer siguió sus indicaciones y la depositó sobre el mostrador. El viejo la descorchó y, con una rapidez asombrosa, metió el tapón entre los dientes del joven. Después lo empujó suavemente para hacerlo desaparecer dentro de la boca.

—Quédate con la vuelta, jovencito. Te hará falta para comprar un sacacorchos.

—Para comprar un sacacorchos —repetí burlonamente.

Nada más subir al tren me recordó que debía cobrarles el billete y me pidió que no le molestase hasta llegar a San Miniato. Estaba rendido y quería descansar.

Durante la media hora en que estuve solo no me faltó trabajo. Reparé los cables, limpié los cristales y traté de aprender para qué servía cada botón del cuadro de mandos. Cuando más ensimismado estaba, llamaron a la puerta de la cabina. Creí que se trataba del viejo y abrí como si tal cosa. Era un individuo impecablemente vestido.

—Buenos días, ¿es usted el encargado?

—Soy su ayudante —le contesté, dándome importancia.

—Es lo mismo. Quiero presentar una reclamación.

—¡Una reclamación! —exclamé.

—Sí, sólo una. Si tiene la amabilidad de facilitarme el libro de reclamaciones, anotaré mi queja y no le molestaré más.

—Espere un momento, por favor.

Como no tenía ni idea de a qué se estaba refiriendo, se me ocurrió que podría salir del aprieto echando mano de mi cuaderno de notas. Lo abrí por la primera hoja en blanco y se lo entregué. Escribió tres líneas, firmó y me lo devolvió con una leve reverencia, mientras me decía:

—Supongo que atenderán mi petición...

—No faltaba más —le contesté dándole la razón.

Esperé a que se marchara para no causarle mala impresión; y en cuanto desapareció abrí el cuaderno. Lo hice con tanto ímpetu que se me cayó de las manos. Lo recogí del suelo, busqué la página y leí con calma:

*No soporto el color de este tren. El rojo me produce manía persecutoria y me saca de mis casillas. Protesto enérgicamente por tan mal gusto y exijo la correspondiente indemnización.*

*Ataúlfo Esperpéntico*

Evidentemente hacía honor a su apellido. Era un esperpento con traje gris y flor en la solapa. Ni muy remotamente se me habría pasado por la cabeza que alguien fuera capaz de reclamar semejante cosa. Tenía la desfachatez de pedir dinero por el color del tren y encima nos achacaba sus manías.

Me enfadé tanto que, para aplacar el mal humor, me puse a frotar el techo con la intención de quitar la grasa acumulada. Como la capa de grasa estaba muy seca, la raspé con ganas. La pintura se levantó y dejó al descubierto un par de números y tres letras. No pude resistir la tentación y continué raspando hasta que averigüé lo que había escrito:

OИITƧƎD ИIƧ ИƎЯT

18Ɛ4

Aunque lo descifré sin ningún problema, quise comprobarlo con la ayuda de un espejo. Descolgué el del cuarto de baño y lo sujeté entre las manos de forma que se reflejara el techo de la cabina. Confirmé que no me había equivocado:

TREN SIN DESTINO

4381

Lo primero que se me ocurrió fue que había otros 4 380 trenes sin destino —eso, suponiendo que el nuestro fuera el último—. Luego pensé que quizá le estaba dando al número más importancia de la que en realidad tenía, y que tal vez era una simple clave de identificación.

Cinco minutos antes de la hora, el viejo se presentó en la cabina medio desnudo y con los ojos hinchados.

—¿Alguna novedad? —me preguntó, aludiendo descaradamente al desconchón del techo.

—¿Qué es un tren sin destino? —le contesté para ver cómo reaccionaba.

—Me parece que quieres saber demasiado...

Como no añadió nada más, preferí no insistir. Le mos-

cipionis, Catonis opponitur. Catonem ve
is ac provinciarum et regum appellandoru
eat. Scipionem eadem spes provinciae at
iorum metus, atque ostentatio sui et adul

tré el cuaderno con la reclamación del señor Esperpéntico y lo cerró sin darle importancia.

—Este hombre no escarmienta.

—¿Cómo que no escarmienta?

—Lleva más de cien quejas y no le he contestado ni una sola vez.

—Claro, como que no tiene sentido.

—Y aunque lo tuviera —me interrumpió—. Tú eres el único que lo sabe.

—¿Qué es lo que sé?

—Que existen esas reclamaciones; mejor dicho, que existían. Las utilizo para encender mi pipa; arden estupendamente. Además no pienso atender a las reclamaciones de un maniático.

Por fin llegamos a San Miniato. No tenía más atractivo que una vieja ermita con pórtico de columnas y vidrieras transparentes. Las calles estaban desiertas. Las casas eran de ladrillo. Las ventanas estaban cerradas y los coches abandonados. No se veía ni un alma.

Por todas partes se leían pintadas que no eran precisamente de bienvenida: *Extranjeros No, Fuera Intrusos, Miniatenses Sí, No más Forasteros, San Miniato Independiente, El Pueblo es Nuestro*, y otras muchas que hacían alusión a la familia y a ciertas partes del cuerpo que prefiero no detallar.

Un perro atravesó la calle y se aproximó a nosotros. Alguien lo llamó con un silbido y él obedeció inmediatamente. Oímos un golpe seco, y a continuación el quejido de un animal. Era el perro, que estaba pagando el precio por acercarse a los extraños.

Desembocamos en una plaza vulgar y corriente. En el centro había un olmo seco, con el tronco totalmente rajado, y una fuente que servía también de abrevadero. De vez en cuando se oía el chirrido de alguna bisagra. Presentimos que nos espiaban. Era como si miles de ojos nos vigilaran escondidos en cada rincón del pueblo.

Un enorme cartel, dividido en dos partes, señalaba los dos puntos vitales de la ciudad: la flecha de la izquierda, el centro; la de la derecha, el cementerio. Allí nos separamos de los viajeros.

Los dos hombres se encaminaron hacia el cementerio. Cuando habían recorrido unos metros, decidimos seguirles a cierta distancia. Tomamos un paseo pavimentado con adoquines, y la sombra de los cipreses nos permitió pasar inadvertidos.

Un cortejo fúnebre les esperaba a la puerta. En cuanto les vieron aparecer, los miembros del cortejo formaron dos filas y se quitaron el sombrero de copa. Todos llevaban levita negra. Parecían cucarachas amaestradas. El hombre que no hablaba nuestra lengua se despojó de la chaqueta, se chupó las yemas de los dedos, y se las pasó por el flequillo para intentar peinarse los cuatro pelos que aún le quedaban.

Los seis primeros individuos dieron un paso al frente e iniciaron una oración que los demás repitieron en voz baja. Los más sensibles rompieron a llorar. La escena fue tan deprimente que se me cayeron las lágrimas. Cuando terminaron de rezar abrieron el ataúd, y el hombre de los cuatro pelos se tumbó en él. Le enterraron vivo.

Aquello me pareció una locura. En el colmo del cinismo, se daban el pésame unos a otros y se consolaban como si hubiera muerto su mejor amigo. Estuve a punto de gritar, pero el viejo me sujetó por el cuello de la camisa y me tapó la boca.

—¿Dónde vas? —me dijo.

—Esto es una barbaridad...

—Espera, no seas impaciente.

Rezaron otra oración y se retiraron muy afligidos. Se lamentaban de tan irreparable pérdida:

—Era tan bueno...

—Un santo...

—Un ángel...

—Un buen hombre...

Junto a la tumba sólo permanecía su compañero de viaje. Avanzamos unos metros. Antes de que llegáramos, el hombre cogió una pala y desenterró el ataúd; entonces el extranjero salió, se sacudió y esperó a que su amigo le pusiera la chaqueta. Abandonaron el cementerio ante nuestras propias narices y se volvieron para saludarnos con cierto sarcasmo.

Salimos de San Miniato con complejo de tontos. El sol estaba en lo más alto y en el horizonte se divisaban sucesivos lagos de agua clara, desdibujados por la calima. Eran los espejismos del mediodía.

# IV
# El regreso

*El suicida. — Un estafador analfabeto. — La avería. — El motor del pozo. — Otra vez el revisor. — Camino de casa. — El último encuentro.*

LA brújula de la cabina indicaba que nos dirigíamos hacia el este. De repente, el viejo se echó las manos a la cabeza y la volvió como si no quisiera ver lo que tenía ante sus ojos. Un hombre se había tumbado en la vía y pretendía suicidarse. Ni siquiera hicimos intención de detener el tren. Era demasiado tarde para accionar el freno, y el hombre desapareció bajo los vagones. Sentimos como si le estuviéramos aplastando con nuestros propios pies.

—¡Dios mío! —exclamó el viejo—. Le hemos partido en dos.

Descendimos del tren con el alma en un puño. A pesar

de no tener culpa de nada, experimentábamos la sensación de haber cometido un horrible asesinato. Algo más allá del último vagón estaba el hombre. No partido en dos, sino en tres: por un lado la cabeza y parte del pecho, por otro las piernas, y en el centro el tronco.

—Trae una manta, chico —me ordenó el viejo.

—¿No cree que hace demasiado calor para taparme con una manta... ?

Por un momento, el viejo pensó que era yo quien hablaba. Para eliminar sus sospechas, señalé hacia la cabeza del hombre, y le vimos mover los labios.

—No le hagas caso, chico. No necesito ninguna manta.

—¡Está vivo! —exclamamos los dos a la vez.

—¡Claro que estoy vivo! —gritó muy ofendido.

—Vámonos de aquí; esto no me gusta nada —me dijo el viejo mientras me empujaba con las dos manos.

—¡Cómo que se van! ¿No se atreverán a dejarme así? Me atropellan y ahora quieren escurrir el bulto. Muy bonito, señores, muy bonito.

No sé si sería bonito o feo, pero de no haber sido por el viejo habría salido corriendo, y no hubiera parado hasta estar seguro de perder de vista a un personaje tan horripilante.

Le subimos al tren con sumo cuidado y depositamos cada parte en un asiento. No bien le instalamos se dio cuenta de que había perdido un zapato y se dedicó a increparnos:

—¡Imbéciles! Llevo tres días en esa vía y a nadie se le ha ocurrido pasar por aquí. No puede uno estar tranquilo. En cuanto te descuidas, te avasallan.

—Tranquilícese, recuperaremos su zapato —le contestó el viejo en tono apaciguador.

—Más les vale. Esto no se quedará así...

Realmente era inverosímil que aquel hombre se preocupara más por su calzado que por las condiciones en que había quedado su cuerpo. Regresamos al lugar del accidente y nos pusimos a buscar el zapato. Enseguida lo encontramos. En la parte posterior de la suela tenía un muelle. Estaba tan preocupado por la suerte de aquel hombre que no le di ninguna importancia.

No había despegado los pies del suelo en dirección al tren cuando el viejo me arrebató el zapato de un tirón. Lo revisó desde la puntera hasta el tacón y lo golpeó contra el suelo. Rebotó como una pelota de tenis.

—Es de goma —susurró como si hubiera descubierto algo.

—¿Y qué? —le pregunté.

—No te das cuenta; hemos atropellado a un muñeco.

—¿Un muñeco? —exclamé, sin creer en lo que estaba oyendo.

—Sí, un muñeco que habla, un robot. Hemos atropellado a un robot que nos está tomando el pelo.

—Pero, ¿por qué?

No dijo nada más. Subió al tren y se abalanzó sobre el muñeco. Oí dos o tres gruñidos, algún que otro chirrido y un par de palabrotas. El viejo levantó al robot y le atizó tal patada en el trasero que le hizo bajar la escalerilla a trompicones.

Se alejó despacio. Llevaba las piernas hacia adelante y la cabeza hacia atrás. El tronco tampoco estaba en su sitio. Se tambaleaba como un espantapájaros azotado por el viento.

Nos miraba con cara de pocos amigos, y agitaba los brazos con aire amenazador.

—Me las pagaréis; tarde o temprano me las pagaréis... —nos chillaba con rabia.

—Nunca me han gustado estos juguetes, muchacho —me dijo el viejo, sacudiéndose las manos como si se hubiera quitado un peso de encima.

A unos cincuenta metros del tren empezó a retorcerse como un papel en el fuego y se le saltaron todos los muelles. Se desmoronó como un rompecabezas desbaratado por el manotazo de un niño travieso. Ahora sí que le habíamos atropellado.

Continuamos nuestro camino, y a la salida de una cañada nos encontramos frente a un cartel fosforescente colocado sobre un montón de piedras. Decía así:

ATENCIÓN OBRAS. VÍA EN MAL ESTADO

El viejo redujo la marcha a veinte kilómetros por hora y fijamos toda nuestra atención en los raíles. Dos kilómetros más adelante una barrera metálica nos hizo detener el tren. Al otro lado de la barrera faltaban dos metros de vía.

En el lado izquierdo habían instalado una caseta prefabricada. En el porche vimos una hamaca de mimbre bajo una sombrilla de playa. Un joven con mono azul y gorra del mismo color nos recibió con una pregunta idiota, casi tan idiota como él:

—¿Algún problema, señores?

De la puerta de la caseta colgaba un cartel sujeto con un

BIAS

alambre oxidado y con más agujeros que un colador recién sacado del molde. El texto tenía dos faltas de ortografía de las que se reconocen sin necesidad de ir al colegio:

SE BENDEN BIAS
10 000 PESETAS EL METRO

Nunca me había ocurrido una cosa semejante. Primero había arrancado las vías y ahora pretendía vendérnoslas. Era algo inverosímil.

Hacía un calor horroroso, que parecía no afectarle. Mientras esperaba nuestra respuesta se limpió el sudor de la frente con el antebrazo, y escupió ocho o nueve veces con intención de hacer diana en los raíles. Acertó cinco. Se notaba que estaba bien entrenado.

El viejo dio las buenas tardes y le pidió que midiera el trozo que faltaba. Se acercó, midió y nos hizo un presupuesto exacto:

—Son veinte mil pesetas, pero por ser ustedes los primeros que pasan por aquí les haré un buen descuento.

—Se lo agradezco —contestó el viejo.

—¿Qué modelo prefiere?

—El único que le queda.

—Menos mal, porque, de no haber elegido éste, tendría que haber hecho un pedido nuevo y el servicio es muy lento.

Metió su nariz de patata en la caja de herramientas, sacó cuanto necesitaba y puso manos a la obra. En menos de cinco minutos estaba tan rojo como el interior de una sandía. En menos de diez sudaba como un cerdo perseguido por el carnicero.

Mientras el joven montaba la vía, me senté en la mecedora y lo pasé en grande. Entretanto, el viejo se bebió toda el agua de un botijo y se dedicó a recoger unas extrañas piedras que sobresalían de la arena.

—He terminado, señores...

—¿Cuánto es?

—Quince mil pesetas y la mano de obra aparte. Les he hecho una rebaja del veinticinco por ciento, pero no se lo cuenten a nadie. Esto sólo lo hago con los amigos.

—¿Y la mano de obra?

—Mil pesetas más... Para cubrir gastos, ya saben: llenar el botijo, cuidar la hamaca... y esas cosas.

—Está bien —dijo el viejo—; envíeme la factura...

—¡Un momento! —le interrumpió el joven—; tengo que tomar nota de su dirección y no encuentro la agenda.

—¡Ah, sí! Apunte: Apartado 7025.

—¿De qué ciudad? —insistió el arreglador de vías.

—No lo sé. De San Miniato, por ejemplo.

—De acuerdo. Dentro de unos días tendrá usted noticias mías. Buen viaje...

Se despidieron con un apretón de manos, como si acabaran de cerrar un trato favorable para ambos, y se dieron la espalda. Ninguno de los dos volvió la cabeza.

Si en un principio la situación me pareció inverosímil, después resultó ridícula. El joven montó y desmontó la vía y no pudo cobrarnos ni un duro. Naturalmente, el viejo no tenía la menor intención de pagarle.

Continuamos el camino como si nada hubiera pasado. Noté que me miraba de reojo. Al fin soltó una carcajada y tuve la sensación de que me había tomado el pelo con la historia de las vías. No me quedó más remedio que reírme tontamente para disimular el mal humor. Se dio cuenta, y me dijo:

—No te enfades, muchacho. ¿No pensarías que íbamos a pagar a un estafador?

A continuación metió la mano en el bolsillo y me ofreció una piedra de color marrón en forma de flor.

—¿Qué es esto? —le pregunté.

—Es una rosa del desierto, la piedra más bella de la tierra.

Le di las gracias y la guardé con sumo cuidado. Era el regalo más original que jamás me habían hecho. No sé por qué, pero en aquel momento me sonrojé.

El reloj de la cabina se había parado a las dos y media. Lo puse en hora. La manilla pequeña se movía con cierta dificultad; la grande, en cambio, giraba con tan sólo rozarla. Apenas nos quedaban tres horas para regresar, cuando tuvimos una avería.

El viejo frunció el ceño y sacudió la cabeza de un lado para otro, mientras me decía resignado:

—Esperemos que no sea el motor.

Efectivamente era el motor; así que no cabía otra solución que esperar un milagro. Era de una sola pieza y no había posibilidad de repararlo. Para colmo de males, el paraje presentaba un aspecto desolador. Sólo se necesitaba una palabra para describirlo: arena. Era un inmenso desierto atravesado por dos líneas negras en zigzag, formadas por las vías del tren.

Nos sentamos a la sombra, dispuestos a poner a prueba nuestra paciencia.

—Esto sí que es mala suerte. Esperemos que vengan a recogernos.

—¿Y si no vienen? —le pregunté mientras dibujaba las letras de mi nombre en la arena.

—Ya se nos ocurrirá algo.

Permanecimos en silencio, sumidos en el bochorno del desierto. El resol me cegaba; tuve que ponerme las manos sobre los ojos para soportar tanta luz. Las gotas de sudor se me acumulaban en la frente y se deslizaban entre las cejas hasta la punta de la nariz. Un escorpión se abrió camino sobre la arena y dejó tras sí un leve surco. Llevaba el aguijón dispuesto para la defensa, y las pinzas abiertas como dos garfios de acero.

El viejo resoplaba. Llenaba la mano de arena y luego la dejaba resbalar suavemente entre los dedos. Fruncía el ceño y movía la cabeza de un lado para otro, en un claro gesto de impotencia.

—Con esto no contaba —decía en voz baja.

De pronto oímos una fuerte explosión que procedía del otro lado de la duna. Corrí hasta la parte más alta y reclamé la ayuda del viejo. Un extraño aparato ardía junto a un pozo, y una mujer lloraba entre las llamas.

Nos quitamos las camisas y apagamos el fuego. La mujer se esfumó sin darnos las gracias y nos dejó plantados allí en medio. El viejo se había chamuscado los pelos de los brazos y tenía dos dedos al rojo vivo. Un par de cubos de agua fueron suficientes para aliviarle el dolor.

—No cabe duda de que me traes suerte, chico.

Creí que se trataba de una ironía, pero enseguida supe que me hablaba muy en serio. La mujer había pretendido poner en marcha un motor de gasóleo para extraer agua del pozo, y el resultado ya lo conocíamos.

No pudimos disfrutar de las delicias del oasis porque el tiempo apremiaba. Trasladamos el motor a la cabina del tren y el viejo se encargó de lo demás.

—¡Esto no viene en los libros, muchacho!

Realizó el trabajo con una habilidad envidiable. Me fue explicando cada operación paso a paso, como si tuviera interés en que me las aprendiera. Empleó cables, cambió tornillos y ajustó piezas. Todo quedó listo para la prueba.

Cuando el tren dio el primer tirón, se puso a brincar a mi alrededor con las manos en alto y me forró a puñetazos. Bromeaba constantemente y se las daba de héroe. Durante un buen rato no paró de decir tonterías: « No me beso porque no me llego», «Soy maravilloso», «Qué haría el mundo sin mí»...

Era la primera vez que le veía tan alegre, y me sentí feliz. La verdad era que yo no le conocía lo suficiente como para valorar su comportamiento.

Poco a poco el tren fue tomando velocidad y el aire fresco nos alivió del agobiante calor. Las vías se perdían en el infinito y se asemejaban a una cremallera sin fin que se cerraba a nuestro paso.

No pudimos superar los ochenta kilómetros por hora,

pero fueron suficientes para que llegáramos a nuestro destino. De vez en cuando el motor vibraba como la tapa de una cacerola llena de agua hirviendo. Lo solucionábamos cruzando los dedos y dándole un suave puntapié.

El ritmo era creciente. Cada metro que avanzábamos aumentaba nuestra confianza en el nuevo mecanismo de la máquina. El viejo hizo sonar el silbato, y el largo pitido se mezcló con el uniforme y machacante traqueteo.

—¿Cuánto queda? —le pregunté.

—Unos kilómetros —me contestó con indiferencia, y añadió:

—¿Estás cansado?

—Sí, pero me encantaría continuar el viaje.

El viejo abandonó la cabina para cambiarse de ropa. Diez minutos después atravesamos varios puentes y reconocí el paisaje. El encinar estaba abarrotado de coches y las gentes aprovechaban las últimas horas de la tarde del domingo.

—¿Qué haces aquí?

Era el revisor, el mismo revisor que había discutido con la señora del ojo de cristal.

—Aquí no puede pasar nadie, es peligroso. Haz el favor de regresar a tu asiento.

Le hice caso. Me senté y ordené la mochila. El vagón estaba repleto: los dos hombres del cementerio leían el periódico; el misterioso personaje del túnel comía chocolatinas; los recién casados se besaban en los asientos del rincón; el vendedor de vías se anudaba la corbata; la mujer del bar se pintaba los labios; el enano acróbata rellenaba un crucigrama; el

señor Esperpéntico se limaba las uñas; la pitonisa se alisaba la falda y el prestidigitador se abotonaba el chaleco.

En la estación, los altavoces no dejaban de anunciar las salidas y llegadas. Descendí el último y recorrí todo el andén con la esperanza de verle. Fue inútil.

Compré un paquete de chicles en el kiosco de prensa y coincidí con el señor Esperpéntico. Estaba formulando una reclamación porque no tenían la revista que buscaba. El vendedor se esforzaba por explicarle que la publicación no figuraba en los catálogos, pero él no le escuchaba.

Subí por el paseo del Prado y atravesé los jardines del bulevar. Preferí caminar para despejarme. Además aproveché el recorrido para inventarme la historia que le contaría a Patxi-Atxi.

Crucé la plaza del Drove y tomé la calle del Codo. Pasé delante del colegio y me detuve en las escaleras del mercado para anudarme un zapato. Al agacharme, el brillo de unas botas negras me hizo levantar la cabeza. Era él.

Le seguí durante unos minutos y entró en una librería. Salió sin las botas, y con un paquete entre las manos. Le llamé. No me reconoció. Me miró como si me hubiera equivocado de persona y me dijo:

—¿Te pasa algo, chico?

No le contesté. Saqué de la mochila la rosa del desierto y la puse sobre la palma de la mano. Cambió la expresión de la cara, pero se mantuvo firme:

—Guarda eso, muchacho. Nadie debe saberlo...

Ésas fueron sus últimas palabras antes de separarnos. Nunca más he vuelto a verle.

# Índice

## COLECCIÓN **ALA DELTA**

### Serie amarilla. A partir de los 3 años

**1.** *Lun.* CARLOS MURCIANO.
**2.** *El conuco de tío Conejo.* ARTURO USLAR PIETRI.
**3.** *El gegenio.* FERNANDO ALONSO.
**4.** *Poemas a doña Chavala y don Chaval.* MARINA ROMERO.
**5.** *Cuento de papá.* EUGÈNE IONESCO.
**60.** *Aventuras de Rufo y Trufo.* CARMEN GARCÍA IGLESIAS.
**81.** *Versos de agua.* ANTONIO GARCÍA TEIJEIRO.

### Serie roja. A partir de los 5 años

**6.** *Los machafatos.* CONSUELO ARMIJO.
**7.** *Doneco Teleco.* PILAR MATEOS.
**8.** *Sin trompa y sin melena.* JESÚS BALLAZ.
**9.** *El gato chino.* JOSÉ LUIS OLAIZOLA.
**10.** *El cartero que se convirtió en carta.* ALFREDO GÓMEZ CERDÁ.
**11.** *La estrella.* JESÚS OLÓRIZ.
**34.** *La luna, doña Soledad y su gato.* VIVÍ ESCRIVÁ.
**35.** *Pablo Pablo en busca del sol.* ÁNGEL ESTEBAN.
**36.** *Cuando todo pasa volando.* BEATRIZ DOUMERC.
**37.** *La familia de los coches.* MILIKI.
**45.** *Tomás y el lápiz mágico.* RICARDO ALCÁNTARA.
**54.** *El fantasma Cataplasma.* JAVIER SEBASTIÁN LUENGO.
**55.** *Rino, músico y poeta.* JORGE WERFFELI.
**68.** *Letrilandia.* AURORA USERO.
**91.** *Los machafatos siguen andando.* CONSUELO ARMIJO.
**92.** *Caperucita cuenta* Caperucita. ÁLVARO DEL AMO.
**93.** *Cuentos para la hora del baño.* M. DOLORS ALIBÉS.
**94.** *¿Quién recoge las cacas del perro.* RICARDO ALCÁNTARA.

### Serie azul. A partir de los 8 años

**12.** *Nico, el huracán.* JOSÉ MANUEL BRIONES.
**13.** *Felipe Marlot, detective.* JOAQUIM CARBÓ.
**14.** *El cabrerillo.* JUAN ANTONIO DE LAIGLESIA.
**15.** *Nuevas aventuras de fray Perico.* JUAN MUÑOZ MARTÍN.

**16.** *Niña Claudia.* CARLOS PUERTO.
**17.** *Picasso pinta a Pinocho.* PACO CLIMENT.
**27.** *Una lata en un callejón.* JORGE BOGAERTS.
**28.** *Una pandilla de pesadilla.* JESÚS ZATÓN.
**29.** *Colo y el mar.* JUAN IGNACIO HERRERA.
**42.** *La rosa del Kilimanjaro.* CARLOS PUERTO.
**43.** *Antía y los michinales.* CARMEN DELGADO.
**47.** *Yagú el lobo azul.* JUAN ANTONIO DE LAIGLESIA.
**48.** *Cus-Cus el vagabundo.* ANTONIO BERNAL.
**49.** *Los detectives López y Baldosillo.* PEDRO SORIA FDEZ.-MAYORALAS.
**51.** *Felipe Marlot investiga.* JOAQUIM CARBÓ.
**62.** *Treinta vueltas de hélice.* LUIS COMPAIRÉ.
**64.** *Isu, el tiburón desdentado.* SEVE CALLEJA.
**65.** *Calavera de Borrico y otros cuentos populares.* JOSÉ ANTONIO DEL CAÑIZO.
**66.** *El cangrejo que tenía la viruela.* JOSÉ MANUEL SOUZA.
**67.** *Lirolos, ciflos y paranganalios.* CARLOS MURCIANO.
**73.** *Javi, sus amigos y sus cacharros.* JUAN CERVERA.
**76.** *Desde el corazón de la manzana.* JUAN FARIAS.
**80.** *Un problema con patas.* MARINELLA TERZI.
**82.** *Diario de un elefante.* ÁNGEL ESTEBAN.
**85.** *El amigo que vino del mar.* MARIANO VARA.
**86.** *Una dragona en apuros.* MANUEL ALONSO ERAUSQUÍN.
**90.** *Poemas rompecabezas.* MARINA ROMERO.

## Serie verde. A partir de los 11 años

**18.** *El arca de Noé.* ALFONSO MARTÍNEZ MENA.
**19.** *El vidente.* PILAR MATEOS.
**20.** *Apex, la guerra de las horas.* MIGUEL ÁNGEL MENDO.
**21.** *Dardo y Huracán.* MIGUEL MARTÍN FERNÁNDEZ DE VELASCO.
**30.** *El bordón y la estrella.* JOAQUÍN AGUIRRE BELLVER.
**32.** *Juan Castigo y Pocarropa.* JOSÉ LUIS MOLINA.
**33.** *Cuentos para la hora de los postres.* M. DOLORS ALIBÉS.
**38.** *El misterio del león de piedra.* ULISES CABAL.
**39.** *Baldomero el pistolero.* JUAN MUÑOZ MARTÍN.
**41.** *El arquitecto y el emperador de Arabia.* JOAN MANUEL GISBERT.
**44.** *Un amigo en la selva.* ALFREDO GÓMEZ CERDÁ.
**46.** *Los mapas etéreos.* MIGUEL ÁNGEL MENDO.

**56.** *El último hombre libre.* MANUEL L. ALONSO.
**58.** *Aventuras en cuevas.* TOMÁS CALLEJA.
**59.** *El tren que nunca existió.* JUAN MIGUEL SÁNCHEZ VIGIL.
**61.** *Aventuras con Tito Paco.* ANTONIO A. GÓMEZ YEBRA.
**63.** *La cueva del Toloño.* PABLO ZAPATA LERGA.
**71.** *Mi padre, don Cristóbal Colón.* FELICITAS CORBELLA.
**72.** *Paladín.* MIGUEL MARTÍN FERNÁNDEZ DE VELASCO.
**75.** *Perder para ganar.* RAMÓN GARCÍA DOMÍNGUEZ.
**78.** *Maricastaña, la heroína desconocida.* JUAN ANTONIO DE LAIGLESIA.
**79.** *El misterio del colegio embrujado.* ULISES CABAL.
**84.** *Historias asombrosas.* JORDI SIERRA I FABRA.
**87.** *La cueva del Extranjero.* JESÚS BALLAZ.
**89.** *El Camino de Santiago.* JOAQUÍN AGUIRRE BELLVER.

## Serie marrón. A partir de los 13 años

**22.** *Tres cuentos.* ARTURO USLAR PIETRI.
**24.** *Historia de San Kildán.* AVELINO HERNÁNDEZ.
**31.** *Perucho, un paje en la corte.* HIPÓLITO ESCOLAR.
**40.** *Del seto de Oriente.* ANTONIO MARTÍNEZ MENCHÉN.
**50.** *La triple dama.* JULIÁN IBÁÑEZ.
**52.** *Hoces del Duratón.* IGNACIO SANZ.
**53.** *Se buscan cuadros rojos y negros.* ALEJANDRO FERNÁNDEZ POMBO.
**57.** *Quisco, mi amigo.* ISABEL AGÜERA DE ESPEJO-SAAVEDRA.
**74.** *La Sierra del Alba.* AVELINO HERNÁNDEZ.
**77.** *El vuelo del cormorán.* EDUARDO DE BENITO.

## Serie gris. Experiencias

**23.** *El rey de las alcantarillas.* CARLOS FRESNEDA.
**25.** *Norte y Sur.* CÉSAR PÉREZ DE TUDELA.
**26.** *Habitantes de las marismas.* JESÚS GONZÁLEZ GREEN.
**69.** *África a los quince años.* BÁRBARA MENESES.
**70.** *Enviado especial al Polo Sur.* LUIS PANCORBO.
**83.** *Entre los indios del Brasil.* JOSÉ MARÍA BRAVO DEL CASTILLO.
**88.** *Alfonso. Fotografías de la historia.* JUAN MIGUEL SÁNCHEZ VIGIL.